TABLE DES MATIÈRES

Nathalie

Titre   1

Préambule   3

Prologue   4

1   5

2   10

3   14

4   19

5   22

6   28

7   32

8   36

9   40

10   47

11   50

12   54

14   59

15   63

16   65

17   69

18   72

19   74

Postface   78

Laisse venir

DocNo

LAISSE VENIR

Permettre, ne pas empêcher.

DocNo

2019 - Roman

Ce n'est pas la fin. Ce n'est même pas le commencement de la fin. Mais, c'est peut-être la fin du commencement.
Winston CHURCHILL

PRÉAMBULE

Soyez indulgent avec l'orthographe. Malgré tous mes efforts, les multiples relectures, la publication sur *Scribay* et les nombreuses annotations, il reste des fautes.

L'orthographe c'est un métier, de même que la mise en page et l'édition. Vouloir se mêler de créer des personnages, des situations, d'imaginer des histoires et en plus d'édition est une gageure. Si l'on veut tout faire, en général, on fait tout mal ou au mieux, moyennement.

Je suis un créatif. Si je vous ai fait rêver un peu dans ce monde triste, ce *weltschmerz**, je suis satisfait.

Bonne lecture.

mal du siècle.

PROLOGUE

Cette histoire, n'est pas mon histoire. Je n'y apparais à aucun moment. Ce n'est pas parce que le narrateur s'exprime à la première personne qu'il s'agit de lui. C'est un style littéraire qui me semble plus percutant et vivant.

Il y a probablement des souvenirs à moi, qui peuplent ces pages mais sans plus et de toute façon à l'insu de mon plein gré. Les situations et les personnages sont *fictifs*.
D'ailleurs, toute femme vous dira que l'héroïne est invraisemblable. Et tout homme que personne ne se comporte comme le narrateur.

J'écris des histoires ; je suis donc un menteur qui dit la vérité.

1

Qu'est-ce que je suis en train de faire ? Je perds la tête ! Je roule sur l'autoroute A6 en direction du sud. Je m'enfuis sans bagage, sans avoir rien programmé, sur une impulsion, ou plutôt, une peur irraisonnée, incontrôlable.

J'ai peur. Et pourtant je ne suis pas peureux. Je crois… Une honte terrible m'étreint, un remords indicible me ronge.

Il faudrait que je raconte depuis le début cette histoire, mais j'ai trop honte.

Non, je ne suis pas un monstre, j'ai des circonstances atténuantes ! Moi aussi, je mérite un peu de compassion. On a bien le droit de chercher à être heureux, de défendre ses aspirations profondes ! Je me cherche des excuses comme un enfant pris en faute ? Je le sais…

Je devais aller chercher ma compagne à la maternité pour la ramener à la maison avec *son* bébé. *Son*. Je n'arrive pas à intégrer le fait que c'est aussi mon enfant. Cette responsabilité, je la refuse, je la rejette, elle m'étouffe. C'est si éloigné du schéma de vie que je me suis fixé. Comment ai-je pu laisser filer les choses à ce point ? Où est-ce que cela a dérapé ?

Je suis méthodique, réfléchi, calculateur. Je ne me laisse pas facilement manipuler. Non, c'est plutôt moi qui manipule et amène les gens à faire ce que je veux.

Une sortie est signalée sur l'autoroute. Nathalie m'attend. Je pense à ses yeux noisette quand ils me fixent. Son regard, qui me perturbe tant. Ses pupilles dilatées, son regard d'amour infini que j'ai tenté de fuir si souvent. Sans pouvoir. Elle est intelligente, elle a dû comprendre mon retard. Elle me devine toujours.

Au dernier moment, j'ai fait une manœuvre et j'ai pris la sortie. J'ai foncé vers la maternité. J'ai décidé d'arrêter de penser. Quoi que je fasse, je suis en contradiction avec moi. Je me suis garé précipitamment. Je cours dans les couloirs vers sa chambre. J'ai presque une heure de retard. Est-ce qu'elle est partie ?

Elle est là. Assise au bord de son lit avec *son* bébé dans les bras. La tête penchée et collée à la tête de *son* petit garçon. Il dort paisiblement.

L'amour, ce n'est pas seulement un sentiment. C'est une chose physique qui existe vraiment. Cette mère qui respire l'odeur de son enfant dans ses bras, c'est de l'amour physique absolu. Du genre qu'on peut voir, toucher.

Elle lève la tête, elle me regarde. J'ai vu passer dans son regard, fugitivement, une ombre de tristesse, vite chassée par un demi-sourire. Je m'approche, essoufflé et penaud. Je bredouille :

— Je suis un peu en retard… pas ma faute… J'ai eu peur que tu ne sois rentrée seule…

— Nous t'aurions attendu, le temps qu'il faut… Un problème ? dit-elle, tout bas.

— Il fallait que je mette de l'essence, dis-je, fuyant son regard.

Je mens à Nathalie. Elle le sait pertinemment. Elle est très organisée. Elle a insisté depuis ces derniers jours pour que ma voiture ait toujours le plein au cas où je doive la conduire d'urgence à la maternité. Mais Nathalie ne relève pas mon mensonge. Et c'est pire pour moi.

Je m'approche d'elle. Je la prends dans mes bras et je pose un baiser dans ses cheveux. Elle relève la tête et d'une main, m'attire vers elle pour poser ses lèvres brulantes sur les miennes. Les baisers de Nathalie, c'est une caresse sur mon âme. Son amour est infini, absolu, implacable. Malgré moi. Malgré tout ce que j'ai fait.

C'est moi qui ai tout appris de l'amour charnel à Nathalie. Elle en ignorait tout. Pour ce qui est d'aimer quelqu'un, en revanche, elle savait tout. Ce que j'ignore encore. Elle a fait bien du chemin depuis ; ses baisers sont ardents.

Vous vous dites : c'est une pauvre fille qui dépend de ce salaud. Elle n'a pas le choix. Ou c'est un laideron qui ne trouvera personne d'autre. Ou elle est trop bête et est dominée par cet homme. Tout faux.

Nathalie est belle. Elle pouvait avoir tous les hommes qu'elle voulait. Elle a d'ailleurs été mariée. Elle a des traits fins et réguliers. Un petit nez droit, une bouche aux lèvres charnues. Des yeux en amande aux iris noisette très doux et bienveillants quand ils me fixent. Son regard est extrêmement éloquent. Nul besoin de mots parfois pour exprimer des choses aussi complexes que les sentiments. Quand ses pupilles sont dilatées et qu'elle plonge ses yeux dans les miens, son amour est si intense qu'il me brule et me perturbe. Sa peau est douce et soyeuse. Ses cheveux mi-longs sont châtain clair. Elle y fait parfois des reflets. Elle sait se faire belle et désirable.

Nathalie n'a pas besoin de moi pour vivre. Elle est cardiologue. Elle est à même de subvenir aux besoins de sa famille. Elle est organisée, travailleuse, méthodique, consciencieuse. Elle est protestante, honnête, bien élevée. Fille d'une famille bourgeoise, père médecin, mère au foyer qui a veillé jalousement à l'éducation de ses deux filles.
Nathalie est intelligente et très intuitive. S'imaginer pouvoir la tromper est une bêtise. Elle calcule et réfléchit avant d'agir. Elle est calme et apaisante.
Vous comprenez encore moins ? Moi, je ne comprends pas du tout. Et quand vous saurez que c'est elle qui est venue à moi, à chaque fois. Au moment où je m'y attendais le moins...
Une infirmière entre dans la chambre et nous surprend, amusée :
— Il est enfin arrivé ?
— C'est un médecin, il est toujours en retard !

J'ai voulu m'enfuir et t'abandonner Nathalie. Je ne suis pas un homme pour toi. Je te l'ai toujours dit.
Bien sûr, je n'ai pas dit tout cela à haute voix. Je suis trop lâche pour ça.

Nathalie m'a mis mon fils dans les bras pour rassembler ses affaires. Il est si petit, si léger, si innocent, si beau. Il y a tellement de choses à faire pour cet enfant. De telles responsabilités. Nathalie le voulait à tout prix. Avec ou sans moi, elle l'aurait gardé.

Nous sommes partis, tous les TROIS. J'ai mis les bagages dans le coffre tandis que Nathalie s'est installée à l'arrière avec le couffin du bébé. Je roule prudemment. Je jette un œil dans le rétroviseur et je croise le regard de Nathalie. Il n'y a pas de reproche dans ses yeux. Je n'y tiens plus. Je murmure :
— J'ai voulu m'enfuir, j'ai pris l'autoroute. Je voulais t'abandonner.

Tout en regardant son enfant, elle murmure :
— Tu es là maintenant. Tu nous ramènes à la maison. C'est tout ce qui compte. Tous les pères ont un moment de doute. Les mères aussi. Tout va bien.

Oui, c'est cela : tout va bien. Ne pas penser. Laisser venir. Je me rappelle cet après-midi torride avec Nathalie. Sa première fois, quand je murmurais à son oreille « laisse venir ma puce ». Nous sommes rentrés à la maison retrouver la mère de Nathalie, Jacky, qui garde sa petite fille Julie.
— Vous êtes en retard ! Je m'inquiétais !
— C'est ma faute… dis-je.

Jacky me regarde sévère. Elle connait notre histoire mouvementée avec Nathalie. Elle se méfie de moi. Je suis diabolique à ses yeux. Nathalie, comme d'habitude, s'interpose :
— Maman, n'en fait pas un drame et viens voir ton petit-fils !

Pourquoi est-ce que je suis toujours là ? Je regarde sans comprendre, cette scène familiale touchante. J'ai un sentiment lancinant de regret, d'opportunité manquée. Pourquoi est-ce que je ne peux pas être simplement heureux ? Qu'est-ce qui ne va pas chez moi ? *Il y a des appétits de bonheur qu'un paradis entier ne satisferait pas*. C'est de Steinbeck, « à l'est d'Éden ».

La petite Julie se retourne vers moi. Elle a un regard un peu triste. Elle cherche sa place maintenant et se sent en insécurité. Elle ressent mon trouble. Elle est comme sa mère ; elle cherche à m'apaiser. Elle vient vers moi, me prends la main et me tire.
— Viens voir le bébé ! dit-elle, tout simplement heureuse.

Je la prends dans mes bras. Je la serre fort. Elle colle son visage contre le mien. Nathalie me regarde en souriant. Elle m'avait recommandé d'être attentif à Julie il y a quelques jours.
— Cette enfant a un papa. Je ne suis pas son père, avais-je dit, grognon.
— Elle te considère comme son père. Je t'ai déjà dit que son père est… comment dire… peu concerné par sa fille.
— Pourquoi ? Il n'a même pas reconnu sa fille !

Nathalie hésite, troublée :
— Le divorce… il est plus préoccupé par sa carrière… Mais enfin, tu n'as pas remarqué à quel point la petite est attachée à toi ? Tu ne le ressens pas au plus profond de toi ?
— Non, tous les enfants viennent facilement me voir.
— Et les femmes aussi… dit-elle avec un air de dénégation.
— De quoi est-ce que tu parles ? Les femmes je les drague… je les draguais !

Nathalie me regarde avec un air condescendant qui m'agace :
— Tu m'as draguée ?
— Et comment !
— C'est moi qui suis venue te chercher ! C'est moi qui ai fait le premier pas. Toujours !

Notre rencontre… Il faut décidément que je raconte depuis le début. Vous allez me haïr.

2

En deuxième année de médecine. Nous avions réussi le concours. La promotion était minuscule ; des rescapés d'un holocauste. Il y en avait eu des larmes devant le sinistre tableau d'affichage des résultats à la faculté, pour tous les recalés. Moins de cent étudiants pris. Les amphithéâtres nous paraissaient vides, désormais.

Nous avions un cours d'anatomie donné par un chirurgien orthopédique barbant, le lundi soir de dix-huit à dix-neuf heures et parfois plus tard en fonction des questions des étudiants.

Nous avions vingt ans. J'étais jeune, beau, insolent, baratineur. J'aimais avoir l'air de réussir sans m'en donner la peine.

Les autres garçons avaient un ticket de métro et un cartable. J'avais une veste *Smalto*, une chemise ouverte et surtout une voiture. Une vieille *Alfa Sud* rouillée, mais avec un moteur rageur, à la sonorité métallique. Un plaisir à conduire.

Je venais les mains dans les poches. J'avais décidé, une fois pour toutes, de ne pas perdre de temps. Aussi j'apprenais directement pendant le cours. Je ne prenais pas de notes pour apprendre ensuite chez moi. J'apprenais de suite en me concentrant pendant le cours. Et il faut dire que j'étais assez doué. Je m'asseyais un peu en retrait, jamais au premier rang avec les fayots.

Ce soir-là, je l'ai rencontrée. Elle m'avait remarqué, moi non ; je ne savais même pas son prénom. Elle est venue me voir, timidement avec son cartable serré sur sa poitrine. À l'époque, je n'appréciais pas beaucoup les étudiantes en médecine que je ne trouvais pas très jolies. Je considérais, avec consternation, que nous étions mal « lotis ». C'est vrai que ces filles intelligentes ne s'arrangeaient pas beaucoup ; elles avaient d'autres préoccupations.

Nathalie était pourtant ravissante. Petite jupe à carreaux, très sage, pas de maquillage, cheveux tirés en arrière et maintenus par une barrette. Elle s'est approchée de moi :
— Tu ne pourrais pas me ramener chez moi après le cours ? Tu comprends, ça m'embête de prendre le métro le soir...
— Mais bien sûr, je te ramène. *No problemo* ! dis-je, carnassier.
— Mais tu ne me demandes pas où ? dit-elle, troublée.
— Une jolie fille me demande de la raccompagner chez elle ? Je te ramène au bout du monde s'il le faut !

Elle a rougi et est allée s'asseoir avec les filles de son petit groupe. J'ai regretté de lui avoir parlé comme cela. Je me suis dit que probablement je l'avais effrayée et que je ne la raccompagnerais pas. Aussi quand le cours s'est terminé, je me suis levé pour partir sans me préoccuper d'elle. Mais contre toute attente, elle s'est retournée et m'a appelé :
— Tu m'attends hein ?
— Mais bien sûr, prends ton temps.

J'ai décidé d'être galant. Je lui ai tenu la portière pour la faire monter dans la voiture, ce qui l'a amusée.
Mais pendant le trajet qui ne me détournait pas beaucoup finalement, j'avais de la peine à la faire parler. Elle a bien demandé la marque de ma voiture. Mais je n'obtenais guère plus que des oui ou non à mes questions. Pour ne pas laisser s'installer un silence pesant, j'ai mis la radio. À l'époque, j'écoutais Bach, le clavier bien tempéré et notamment le prélude n°1. Aussitôt, elle a reconnu le morceau et a cherché à deviner l'interprète. Elle m'a raconté qu'elle avait fait neuf ans de piano.
— Alors non seulement tu es belle, intelligente et musicienne !

Elle a ri et probablement un peu rougi. Arrivé devant chez elle, j'ai réclamé une bise de récompense. J'étais roué à l'époque. La première bise je la faisais normalement, mais la deuxième, je visais le coin de la bouche, ce qui, au choix, émoustillait ou agaçait les

filles. Pour celles qui connaissaient, j'avais droit à un tonitruant :
— Tu as essayé de m'embrasser sur la bouche, salaud !

Ce que je m'empressais vigoureusement de démentir, arguant que j'avais « glissé ». Pour Nathalie, elle a frissonné et baissé les yeux, en proie à un grand trouble. Aucun garçon ne s'était manifestement approché tant de sa bouche. Et elle s'est enfuie de la voiture, courant jusque chez elle. Cela m'a beaucoup amusé sur le coup, quoique je me sois dit que je ne la ramènerais probablement plus. Le lundi suivant, j'attendais le début du cours, quand elle est arrivée, essoufflée, et s'est assise à côté de moi. Elle m'a souri :
— Tu me ramènes, tout à l'heure ?
— Bien sûr !

Elle a sorti de son sac ses affaires. Sa trousse, ses stylos, son bloc, sa règle. Puis, elle s'est interrompue :
— Tu veux que je te donne une feuille et un stylo ?
— Pas besoin, j'apprends direct.

Elle a levé les yeux au ciel :
— Je te photocopierais mes notes et je te les donnerais.

Pendant le cours, j'ai regardé Nathalie. Sa fine main volait sur son bloc. Son écriture appliquée était bien lisible. Les titres soulignés en rouge. À son poignet, elle portait un bracelet fantaisie avec des babioles qui pendouillaient : un petit cœur, un éléphant… Et ce bracelet faisait un léger cliquetis tandis qu'elle écrivait. À un moment, elle a levé les yeux vers moi :
— Tu n'es pas en train d'écouter le cours là !
— Non, je préfère te regarder, tu es tellement *jolie* !

Elle a rougi et s'est replongé dans ses notes. Ce soir-là je l'ai raccompagné. Et nous avons beaucoup parlé dans la voiture. J'avais réussi à la brancher sur la littérature. Nous étions en désaccord sur Proust. Ma mauvaise foi, mon cynisme la heurtait et en même temps l'amusait. Arrivés devant chez elle, elle a pris l'initiative de m'embrasser la joue. Je l'ai retenue :
— Laisse-moi t'embrasser les lèvres, je meurs d'envie de savoir

quel goût elles ont. Un minuscule baiser de rien.

Elle a fait non de la tête. Mais son corps faisait oui. Elle a reculé, le regard vide, en proie à une intense réflexion. J'ai poursuivi mon avantage :
— Je suis sûr que tu n'as jamais été embrassée. Tu ne veux pas savoir ce que ça fait ?

Elle s'est laissé retomber sur son siège, mordillant ses lèvres. Je me suis penché sur elle, elle a baissé les yeux, puis elle les a fermés fort et s'est préparée à subir un assaut terrible. J'ai fait ce que je faisais à l'époque. J'ai à peine effleuré ses lèvres sèches. Ce qui provoque en général une réaction chez les filles qui entrouvrent la bouche et cherchent un baiser plus appuyé. Cela n'a pas manqué avec Nathalie. Et j'ai poursuivi en embrassant sensuellement ses lèvres.

Elle avait le goût de la peur. En fait elle était terrifiée. Je me suis reculé et je l'ai regardé, amusé et en même temps ému par son trouble. Elle a rouvert les yeux. Son regard était brillant. Elle a serré ses lèvres et n'y tenant plus, s'est littéralement enfuie de la voiture en me bousculant. Arrivée sur le perron de sa maison, elle s'est retournée et m'a regardé partir. J'ai fait rugir le moteur de l'Alfa dans la nuit.

3

Par la suite, j'ai raccompagné Nathalie régulièrement, et, arrivés devant chez elle, nous nous bécotions dans la voiture. Je lui ai appris toutes les techniques de baisers : bouche fermée, bouche ouverte, la langue, les caresses tout en pelotant doucement ses seins. Elle est devenue experte rapidement.

J'ai suggéré qu'elle laisse ses beaux cheveux libres. Elle l'a fait. J'ai suggéré un peu de crayon pour souligner son regard magnifique. Elle l'a fait. J'ai suggéré un peu de brillant sur les lèvres ou un rouge discret, un soupçon de parfum dans le cou… De charmante, elle est devenue canon. Les garçons se retournaient sur son passage. Les filles jasaient très fort. Les ragots allaient bon train. Pour les autres étudiantes, une fois que j'aurais couché avec elle, je la jetterais sans ménagement. Ce que je m'empressais de démentir, arguant que j'étais un « gentil » garçon. Cela les faisait rire. Un midi, Nathalie a tenu à déjeuner avec moi, pour me parler **gravement** :

—Ma sœur nous a vus dans la voiture. Ma mère a fait une crise. Elle pense que je suis une fille perdue qui sort avec un vieux pervers qui a une voiture de sport !

J'ai éclaté de rire :

— On m'a traité de bien des noms, mais *vieux pervers* c'est nouveau !

—Ne ris pas ! C'est grave !

Cela m'a encore plus amusé. Nathalie, contrariée a détourné le regard. J'ai pris sa main :

—Ma puce, on ne fait rien de mal. C'est pas si grave.

— Tu ne connais pas mes parents. Nous sommes pratiquants. Ce soir, il faut que tu viennes leur parler.
— Ça va pas être possible… dis-je, redevenant sérieux.
— Et pourquoi ?
— Mais enfin Nathalie, c'est comme s'il y avait quelque chose entre nous… On ne sort pas vraiment ensemble.
— Il n'y a rien entre nous ? Et ces baisers que tu me donnes ? dit-elle, fronçant les sourcils.
— Mais enfin, c'est rien ça…
— Je ne suis rien pour toi ? dit-elle de plus en plus contrariée.
— On est amis, c'est tout.

Nathalie a pincé ses lèvres et baissé les yeux. Elle était magnifique et sa tristesse m'a fait de la peine et en même temps a déclenché mon système d'alarme interne. J'avais décidé une fois pour toutes de ne pas m'attacher à une femme, je voulais être libre et surtout, le rester. Dès qu'une femme s'attachait à moi, je partais ; c'était non négociable.
— Tu n'es pas en train de t'attacher à moi Nathalie ?
— Qu'est-ce que ça peut te faire !

Elle avait les larmes aux yeux. Cette situation m'a contrarié. J'ai eu une furieuse envie de me lever et de partir. Elle l'a senti et se forçant au calme :
— J'ai fait quelque chose qui t'a déplu ?
— Il ne faut pas t'attacher à moi Nathalie. Je ne suis pas un mec pour toi. Je veux juste m'amuser. Je ne veux rien de sérieux…
— Pourquoi tu dis ça ? De quoi as-tu peur ? Je sais que tu as des sentiments pour moi. Tu m'embrasses comme un fou !

Elle a pris mes mains dans les siennes et a serré très fort. Son regard planté dans le mien.
J'ai décidé de ne rien dire. Dans son état, elle n'était pas en mesure d'entendre quelque argument que ce soit. Nous sommes restés comme ça de longues minutes. Nathalie réfléchissait intensément, elle s'est calmée puis elle a relâché la pression de ses mains.
— Tu viendras parler à mes parents ? Je te présente, tu dis bonjour,

tu repars. C'est important pour moi. Sinon, ils vont me faire une vie infernale.

—Je viens si tu me promets de ne pas t'attacher à moi.

— Tu es un vrai salaud ! Mais c'est toi qui seras amoureux de moi et je t'en ferais baver ! Tu viendras ?

—Tu n'as pas promis. Donnant-donnant.

—Va te faire voir ! dit-elle en se levant.

Nous n'étions pas dans les mêmes groupes de travaux-dirigés. Et de l'après-midi, je n'ai pas vu Nathalie. J'avais projeté de partir sans elle. Mais en arrivant à la voiture, elle était là, assise sur le capot en train de lire un livre de biophysique. Elle s'est levée et m'a jeté un regard envoutant. Elle avait maquillé ses yeux. J'ai eu furieusement envie d'elle. Elle m'a enlacé et m'a embrassé. Puis elle a murmuré :

—Tu voulais te tirer sans moi hein ?

Je fus forcé de sourire, prit sur le fait :

—Comment tu peux penser une chose pareille ? Tu es drôlement jolie tu sais. À croquer.

—Maintenant des compliments et tout à l'heure tu me fais pleurer ! À quoi tu joues ?

—C'est tout à fait ça, ma puce, je joue. Rien de sérieux.

Nathalie fronça les sourcils :
—Ramène-moi. **Je te déteste** !

J'ai l'ai ramené chez elle et j'ai rencontré ses parents. Des gens très comme il faut. Sa mère, Jacky, fausse blonde, apprêtée, femme de médecin, pas un kilo en trop. Son père, dégarni, lunettes, bienveillant, traînant un air désabusé. Sa mère m'a jaugé sévèrement, puis :

—Vous embrassez ma fille dans votre voiture ?

—Comment faire autrement madame, elle est si jolie, dis-je ironique.

Cela a beaucoup amusé son père, mais, Jacky, troublée a poursuivi :
— Mais enfin... Elle a beaucoup changé depuis qu'elle vous fré-

quente. Je ne la reconnais plus.

— C'est une jeune femme de vingt ans, future médecin. Elle n'a pas besoin de moi pour savoir ce qu'elle a à faire. Elle est jolie en plus d'être intelligente, ce n'est pas un crime.

— Vous aimez ma fille ?

— Nous sommes amis simplement. Quelques baisers ne portent pas vraiment à conséquence. Vous pouvez le comprendre, on a dû vous embrasser beaucoup vous aussi...

Jacky fut flattée mais feignit la contrariété :

— Mais c'est qu'il est impertinent !

Gérard, le père de Nathalie, m'a trouvé sympathique, et a insisté pour que je reste diner. J'ai donc passé la soirée avec eux. Sa sœur, Océane, dix-sept ans, était ravissante et ne m'a pas quitté des yeux. J'ai été copieusement cuisiné par Jacky. Mon classement au concours, que font mes parents, comment se fait-il que j'aie une voiture de sport... J'ai éludé, esquivé, menti, finassé. Et finalement j'ai eu droit au :

— Vous croyez en Dieu ?

— Non madame. Il me faut traverser la vie sans ce réconfort. Hélas, j'ai une conception Nietzschéenne de la vie. J'ai lu Zarathoustra. Dieu est mort !

Cette sortie a stupéfié Jacky. Gérard a éclaté de rire. S'adressant à sa femme :

— Reconnais que tu l'as bien cherché !

Les parents se sont levés et nous ont laissé Nathalie, Océane et moi. Aussitôt Océane à sa sœur :

— Tu es amoureuse de lui !

— Tu es jalouse ! Personne ne t'embrasse toi ! répond Nathalie avec un regard noir.

— C'est un dragueur ! Il se fiche de toi !

— Elle a parfaitement raison, dis-je rêveur.

— Elle ne parle plus que de toi, elle ne pense qu'à toi !

Je me suis levé, avec un geste d'impuissance de la main, et m'ap-

prochant du piano, j'ai joué quelques notes de l'Ave Maria de Gounod, une des seules choses que je sais. Nathalie, m'a rejoint :
— Tu joues du piano ?
— Je connais seulement ça... Il y a beaucoup de choses que tu ignores sur moi.
— Je ne demande qu'à mieux te connaître...
— Il faut que je parte.

Elle m'a raccompagné à la porte et ajouta, tendrement :
— Merci d'être venu.
— Tu ne t'attaches pas à moi, ma puce.

Nathalie, détourna les yeux, l'air triste :
— C'est trop tard.

En repartant, j'avais décidé d'éviter Nathalie à la fac. Sa dernière réponse était perturbante et j'y ai réussi pendant quelques jours. Mais elle m'a finalement rattrapé dans un couloir, une semaine plus tard, pour me donner ses dernières notes du cours d'anatomie.
— Tu m'évites ?
— Oui. Je ne veux pas te faire souffrir.
— Si tu te fichais de moi, ça te serait égal que je souffre ou non !
— Je veux m'amuser, j'ai pas dit que je voulais être une crapule !
— Raccompagne-moi tout à l'heure. Il faut que je te parle.
— Ce n'est pas une bonne idée.
— Il faut que je te supplie ?

J'ai raccompagné Nathalie. Ce n'était **pas** une bonne idée.

4

Ce soir-là, pendant le trajet, nous avons peu parlé. Nathalie avait les bras croisés et se caressait le bras gauche avec sa main droite comme si elle avait froid. Elle était tendue et réfléchissait intensément.

Dans ce silence pesant, j'ai mis la musique. C'était ma période Billie Holiday « *the way you look tonight* »; sa voix suave et éraillée s'est répandue et à couvert le ronronnement rauque du moteur. Nathalie ne connaissait pas et cela lui a plu. Elle a semblé se détendre.

Presque arrivés devant chez elle, elle m'a fait stopper la voiture à l'écart, pour éviter d'être vue par sa mère ou sa sœur. Cette fois-là, c'est elle qui s'est penchée sur moi et m'a embrassé. Ses baisers étaient si ardents, ses caresses si tendres sur mon visage, mon cou… Je ne me suis pas rendu compte dans mon trouble, que mes mains couraient sur son corps, ses fesses, ses cuisses, son entrejambe. Et puis, elle m'a arrêté et s'est un peu éloignée de moi. Dans un souffle, elle a murmuré :

— Pas plus loin !

— Pourquoi ma puce, tu en meurs d'envie.

— Non, ne m'excite pas davantage.

Elle a baissé les yeux, légèrement essoufflée. Elle était belle à se damner.

— Pourquoi ?

— Je me réserve pour mon mari…

— Quoi ?

— Je veux rester pure pour mon mari.

Je n'en crus pas mes oreilles :

— Tu me fais marcher ?

Elle fronça les sourcils :
— Je suis folle, parce que j'ai des convictions, des principes, que je crois en l'amour, que j'ai des sentiments ?
— Non, mais c'est tellement... désuet. Tu sais que la plupart des filles de ton âge couchent sans pour autant se marier avec leur amant.

Nathalie m'a pris le visage dans ses mains :
— Si seulement tu m'aimais, je te ferais confiance, je sais que tu m'épouserais. Tu pourrais...

Son regard intense, son regard d'amour, se planta dans le mien, et de nouveau j'ai ressenti un malaise tangible. J'ai fait non de la tête :
— C'est impossible, ma puce. Je pourrais te mentir pour te sauter. Je ne veux pas te blesser. J'ai toujours été clair avec toi. Crois-moi, avec moi tu serais malheureuse.

Nathalie a repris sa place sur son siège, le visage fermé :
— Je le suis déjà !

Puis, après un instant de réflexion :
— Tu as quelqu'un ?
— Oui, je vois une femme plus âgée, vingt-cinq ans, avec de l'expérience.
— Tu l'aimes ?
— Mais non, je couche avec elle, je prends du plaisir et elle, elle prend son pied avec moi.
— Il n'y a que ça qui compte pour toi, le sexe !
— Tu n'imagines même pas le plaisir que je pourrais te donner. Avec un mec comme moi qui a un peu d'expérience, je te ferais connaître l'amour. Beaucoup de femmes n'ont pas cette chance et passent une vie de frustration. Faire l'amour avec moi, ne t'enlèverais rien. Tu as tout à y gagner.
— Tu parles d'amour, et tu n'y connais absolument rien ! Laisse venir tes sentiments pour moi. Ne les refoule plus. Ne les combat plus. Je te donnerais tout ce que tu veux !

Je suis resté sans voix, à cette véritable déclaration d'amour tellement pathétique. C'était si facile de dire à Nathalie ce qu'elle souhaitait tant entendre, même simplement pour ne pas lui faire de peine. J'ai préféré, couper court :
— Il ne faut plus nous revoir Nathalie. Cette relation ne mène à rien. Elle est toxique pour toi. Trouve quelqu'un qui te corresponde mieux. Pardon.

Nathalie, n'a rien dit. Elle a quitté la voiture, la tête basse et est rentrée chez elle sans se retourner. Elle est probablement allée pleurer sur son lit. Je n'étais pas fier de moi. Je me sentais mal, si mal qu'il m'a fallu arrêter la voiture et sortir respirer l'air du soir. J'ai été noyer mon spleen dans les bras d'une femme qui ne ressentait rien pour moi, et qui n'exigeait que de la performance sexuelle.
Cela me convenait parfaitement.

5

On pourrait penser l'histoire finie. Mais non. Pas avec Nathalie. Nathalie est obstinée, méthodique, elle ne se décourage pas. Si elle échoue, elle recommence. C'est une qualité pour un médecin comme elle. Elle se bat pour ses malades. Elle réanime avec l'énergie du désespoir. Je ne sais pas si j'ai dit que c'était une femme exceptionnelle.

Nous étions des tronches. Je veux dire par là que nous étions dans les meilleurs de la promotion. Nos noms dans les listes de résultats de partiels n'étaient jamais loin l'un de l'autre et toujours dans les premiers. Parfois elle devant, parfois moi. Plus souvent elle. La deuxième année a passé et est venue l'heure des derniers examens. Nous ne nous parlions plus depuis notre dernière rencontre quelques mois plus tôt. Je pensais que Nathalie m'avait oublié.

J'étais passé à autre chose de mon côté, sortant toujours avec mes amis d'enfance – hors du milieu des étudiants en médecine – et cherchant les aventures sans lendemain. J'avais, chevillé au corps, l'instinct du chasseur : séduire, plaire m'émoustillait. Et j'avais de plus en plus d'expérience et d'assurance ; j'étais jeune, je ne doutais de rien : l'insouciance de la jeunesse !

À la dernière épreuve de l'année, je quittais la salle d'examen, perdu dans mes pensées, quand je suis tombé sur Nathalie, plantée devant moi.

— Tu as fait un carton comme d'hab ?

— Nan, c'était dur ! dis-je, avec un sourire en coin.

— Pauvre chou ! se moque-t-elle.

— Comment tu fais, tu es de plus en plus belle ! dis-je, ne pouvant

m'empêcher de lui faire un compliment.
— Passe l'après-midi avec moi, on sort ensemble, on va au cinoche…
— Non Nathalie. Moi, de te voir comme ça, j'ai qu'une envie : te prendre dans mes bras, te couvrir de baisers et te faire l'amour, te donner du plaisir.

Nathalie redevint sérieuse ; c'est à peine si elle a rougi. Son regard se voila, signe d'une intense réflexion. Puis, elle a murmuré, avec un regard de braise :
— D'accord !

J'étais abasourdi de cette réponse.
— Qu'est-ce que tu dis ma puce ?
— Il faudra que tu sois doux avec moi, je ne l'ai jamais fait. Les filles racontent que ça fait mal la première fois.
— Mais Nathalie, tu n'es pas sérieuse, tu ne peux pas faire ça…
— Et pourquoi ? Tu as dit que ce serait mieux avec quelqu'un comme toi qui as de l'expérience.
— Mais c'est en contradiction avec tes convictions. Non…

Elle s'approcha, son regard brûlant sur moi :
— Tu vas refuser un coup vite fait ? Toi ?

Tout me disait de ne pas le faire. Que Nathalie c'était à coup sûr des sentiments et donc des ennuis, des crises, des larmes, des remords, mauvaise conscience. J'aurais dû la planter là, m'enfuir en courant. J'aurais dû. Mais j'avais furieusement envie d'elle. Une force incontrôlable m'attirait vers elle. Et pourtant ce n'était pas la première femme dans ma vie. J'en avais connu d'autres.

En proie à une excitation terrible, sans mesurer les conséquences d'un rapport avec une vierge et ce que cela peut représenter pour elle, j'ai pris Nathalie par la main et nous avons couru vers la voiture.
Comme un signe du destin, l'*Alfa* a peiné à démarrer. J'ai pesté :
— Non, pas maintenant !

J'ai pompé rageusement l'accélérateur et le quatre cylindres boxer s'est animé et a rugi. J'ai ramené Nathalie chez moi ; personne à la maison jusqu'au soir, pour nous déranger. Nathalie, a passé en revue mes livres, mon bureau, mon ordinateur, fuyant mon regard, évitant le lit. Elle était tendue, stressée, terrifiée. J'ai eu pitié d'elle.
— Si tu n'en as plus envie, je te ramène ma puce. Tu n'as qu'un mot à dire.

Elle s'est tournée vers moi :
— J'ai si peur, c'est ridicule hein ?
— C'est pourtant si facile. Comme de respirer. Tu es faite pour ça.
— Tu dis ça pour me rassurer.
— Je te promets. Laisse-moi faire, tu n'auras qu'à prendre ton plaisir. J'arrête immédiatement si tu me le demandes. Viens !

J'étais assis sur le lit. Elle m'a rejoint. Je l'ai embrassée, puis je l'ai basculée et allongée tout en continuant à l'embrasser et à la caresser partout. J'ai glissé mes doigts impatients sur ses cuisses, puis je me suis attardé sur sa vulve, à travers ses vêtements. Elle a frissonné, et soupiré, mais m'a laissé faire. Je l'ai déshabillée délicatement et elle s'est retrouvée nue sur lit, tendue, frissonnante, ses mains cachant son sexe, les yeux obstinément fixés au plafond. Je me suis rendu compte à quel point c'était difficile pour elle et donc, par conséquent pour moi. J'avais l'habitude de filles pour qui c'était naturel et pour qui la nudité ne posait aucun problème. J'avais une technique éprouvée au lit. Mais pour Nathalie, j'ai décidé de simplifier les préliminaires et de venir le plus vite possible, pour abréger son stress. Contre toute attente, malgré moi, son bien-être m'importait plus que tout, la faire souffrir m'était intolérable. J'ai eu un instant de doute, j'aurais pu la rhabiller et la ramener chez elle.

Je me suis déshabillé à mon tour et me suis allongé près d'elle. J'ai repris mes caresses et mes baisers. Dès que j'ai eu une érection, j'ai enfilé un préservatif et je me suis mis sur Nathalie. J'ai doucement écarté ses cuisses à la peau si douce. Et j'ai tenté de la pénétrer avec précaution. Mais c'était impossible tant elle était tendue. Forcer c'était immanquablement lui faire mal.

J'ai glissé ma tête dans son cou, ma bouche contre son oreille et j'ai murmuré :

— *Laisse venir* ma puce, *laisse venir* ma puce, *laisse venir*…

Je ne sais pas combien de fois je l'ai répété, comme une litanie, comme une comptine pour endormir un enfant.

Et puis soudain, brusquement, alors que je ne m'y attendais pas du tout, elle a laissé venir et je l'ai pénétré jusqu'à la garde. Elle s'est cambrée et a poussé un petit cri. Je suis resté immobile. J'ai murmuré :

— Je suis désolé ma puce, je ne m'y attendais pas. Tu veux que j'arrête ?

Elle a murmuré, toujours les yeux fermés :

— Non… ça va…

J'ai commencé à bouger en elle, d'abord lentement puis un peu plus vite et amplement. Elle ne pouvait s'empêcher de gémir à chaque mouvement. Je sentais ses mains crispées sur mes bras. J'ai eu peur de lui faire mal. J'ai résolu de finir vite. J'ai fait semblant de venir. Avec le préservatif, de toute façon, pour elle, c'était impossible de savoir. Et je me suis retiré et allongé à ses côtés. Le préservatif était strié de traînées sanglantes, la marque de son dépucelage. Je n'ai pas pu m'empêcher de glisser ma main sur son petit ventre et de la palper avec précaution.

— Tu n'as pas trop mal ma puce ? Ouvre les yeux… Tu es une vraie femme maintenant.

Nathalie a ouvert les yeux et m'a regardé. Elle m'a souri pour la première fois, visiblement soulagée. Sa main a recouvert ma main sur son ventre.

— Non, tu as été très doux. Je sais que tu m'aimes et que tu me respectes. Sinon tu ne t'inquiéterais pas pour moi.

— Nathalie…

— Je suis une vraie femme ? dit-elle en riant.

—Oui. Tu as pris du plaisir ?
— Oui… si ça avait duré plus longtemps… tu n'as pas voulu me faire mal.
—Ma puce, c'était ta première fois.

Nathalie m'a regardé et s'est attardée sur mon sexe. Elle m'a caressé à son tour. Elle l'a pris dans sa main avec une grande délicatesse. J'ai lu le désir dans ses yeux. J'ai eu une nouvelle érection. J'ai murmuré :
—Tu veux encore ?
—Oui, encore. N'aie pas peur. Je suis une vraie femme.

J'ai refait l'amour à Nathalie. Cette fois, je suis allé au bout pour moi. Elle a crié. J'ai senti ses cuisses se crisper sur mes hanches. La sueur a perlé sur son front. Ses joues se sont empourprées. Elle respirait fort.
Nous nous sommes séparés de cette étreinte, baignés d'endorphines, dans un état d'apaisement complet, une sorte de béatitude. Nos mains ne pouvaient se séparer. Et cela s'est passé.
Nathalie s'est tournée vers moi. Avec ses cheveux ébouriffés, elle m'a regardé de ses yeux aux pupilles dilatées immenses, comme deux abimes sans fond. Son regard brulant, intense, fixé dans le mien ; ce regard qui me disait : je t'aime mon amour, plus que tous les mots du monde n'auraient pu le faire. Cela m'a perturbé à un tel point que j'en ai eu un vertige. J'ai balbutié :
—Nathalie, tu ne t'attaches pas à moi hein ?
—Et pourquoi ? Je sais que tu m'aimes !

J'ai ressenti une sorte de panique :
—Il ne faut pas Nathalie. Je te l'ai dit… Je ne suis pas un mec pour toi.

Elle s'est redressée, son regard s'est fait dur, elle a crié :
—Pourquoi tu dis ça ? C'est tout le contraire. Tu m'aimes comme un fou. Tu le sais très bien !
—Non, c'est impossible. Il n'y a pas de place pour l'amour dans ma vie.

— Tu es un lâche ! Tu as peur. Tu es fort au lit, mais tu es nul dans la vie ! JE TE DÉTESTE !

Elle s'est retournée et a caché son visage dans ses mains. Elle pleurait amèrement. J'ai pris mes affaires et l'ai laissée seule dans la chambre. Je l'ai attendue en bas à faire les cent pas. Elle est descendue, le visage fermé, les yeux baissés, sans un mot. J'ai voulu la toucher, elle m'a repoussé. Je l'ai ramenée chez elle, dans un silence de mort. Elle était en train de descendre de la voiture, je n'ai pas pu m'empêcher de dire :
— Pardon Nathalie, pardon pour tout.

Elle s'est retournée vers moi, son regard était si triste :
— Tu es un idiot. Si tu savais ce que tu perds…

J'ai été très perturbé dans les jours suivants. Je me sentais très mal. Je me méprisais. Je ne me supportais plus. Il m'a fallu m'étourdir dans les fêtes, les soirées, les aventures pour m'oublier. J'avais résolu de ne plus voir Nathalie. Jamais. En aucun cas. C'était pour moi, une directive formelle. Un serment d'ivrogne.

Je ne voulais pas être aimé. Je ne voulais pas aimer. Et surtout, je ne voulais pas lui faire de mal. Je lui en avais tant fait déjà. La vie en a décidé autrement. Ou plutôt Nathalie.

6

Les années ont passé. Nous nous sommes évités consciencieusement avec Nathalie. En cinquième année, elle a rencontré un étudiant de deux ans plus âgé que nous, André. Elle était sortie avec d'autres garçons entre-temps, mais sans lendemain. Elle était tellement jolie que les occasions ne manquaient pas pour elle, et elle l'a épousé en fin de cette cinquième année.

J'en ai ressenti un soulagement. Et puis la sixième année est arrivée qui clôture le deuxième cycle des études de médecine. À l'époque, il y avait un examen de synthèse pour accéder au troisième cycle puis le concours de l'internat pour faire une spécialité. Avec nos résultats, nous étions formatés pour l'internat et les spécialités. Mais en ce qui me concerne, l'idée de prolonger les études de trois à cinq ans de plus, c'était trop. Je voulais vivre, je voulais en finir avec ces "études", avoir mon diplôme, m'installer, gagner de l'argent, acheter des voitures, et coucher avec un maximum de femmes. C'était le *plan*.

Pourtant, j'ai préparé le concours assidûment, en totale contradiction avec mes aspirations profondes. Avec moi, rien n'est simple. Pour l'examen de synthèse, j'étais au top. J'ai survolé les épreuves sans difficulté. La dernière épreuve, rédactionnelle et longue est arrivée. J'ai gagné la place qui m'était assignée. À côté de moi, se trouvait Nathalie. Quand elle m'a vu m'installer, elle m'a souri. C'était devenu une femme accomplie. Sûre d'elle, de son charme, de sa féminité. Elle avait les cheveux tirés en arrière et maintenus par un chouchou. Ils étaient devenus plus longs et sa queue-de-cheval tombait sous les épaules. Des chaussures plates,

un jean moulant.
— Tu es prêt ? me demande-t-elle.
— Ça devrait le faire.

Elle me fit un clin d'œil :
— Tu cartonnes toujours de toute façon.

J'ai eu envie de lui faire un compliment, la prudence m'en a empê-ché et je me suis contenté d'un simple :
— Ça va, toi ?

Nathalie m'a montré son alliance avec fierté :
— Je suis une femme mariée !

J'ai souri et fais mine d'applaudir. Je n'ai eu aucune difficulté avec cette épreuve. J'ai fini en avance et je suis resté à attendre la fin, perdu dans mes pensées. À côté, Nathalie était concentrée. Sa main fine courait sur le papier, avec son écriture lisible et appli-quée. Tout était parfait dans sa copie. Elle a fini peu de temps avant la fin. Elle a tourné la tête vers moi et m'a vu inactif. Elle a cru que je séchais et que j'étais en difficulté. Au mépris du danger, en cachant sa bouche avec sa main, elle a attiré mon attention et murmuré :
— SEP, SEP.

Elle voulait me dire Sclérose En Plaque, ce qui était le diagnostic du dernier cas clinique. J'ai rapidement fait un signe pour lui dire que tout allait bien. Elle risquait gros ; si elle avait été prise, on l'aurait expulsée de la salle d'examen, on aurait déchiré sa copie, ce qui équivalait à lui mettre zéro. Quand nous avons quitté la salle d'examen, je l'ai attrapée par le bras :
— Tu es complètement folle ! Si tu avais été prise…
— J'ai cru que tu séchais. J'ai eu peur…
— Tu es adorable, mais je n'aurais pas supporté que tu te fasses prendre, j'aurais pris pour moi.

Elle m'a regardé en souriant :
— On s'aime encore on dirait ?

— Nathalie !
— Viens prendre un café avec moi !

J'ai hésité. C'était enfreindre la règle que je m'étais fixée : ne jamais revoir Nathalie. Elle a deviné mon trouble :
— Un simple café à la cafet' avec une femme mariée... Tu as peur ?

Nous sommes finalement allés prendre un café. Je ne me sentais pas à l'aise. J'avais l'impression que Nathalie, m'envoyait des signaux ambigus, sous couvert de banalités. Elle m'a parlé de son mariage, selon elle, un peu bâclé à cause des études et des stages. De son mari qui allait faire une brillante carrière de chirurgien.

Le plus naturellement du monde, elle a dénoué ses cheveux et passé ses doigts aux ongles vernis comme des peignes pour les répandre harmonieusement. Et puis, elle m'a regardé, avec ses yeux fascinants, dont elle savait parfaitement jouer maintenant. Alors, son regard s'est voilé, comme chaque fois qu'elle réfléchit intensément. Et, avec une voix suave :
— Tu sais, j'aimerais tellement, *laisser venir* encore une fois avec toi...

J'en ai été soufflé, sonné, comme un uppercut dans l'estomac.
— Tu ne peux pas me dire ça !
— Et pourquoi ? J'en ai envie ! Après le stress des exams, un peu de bon temps, où est le mal ?
— Tu es mariée !
— Mon mari est à Lyon pour son internat. Je ne le vois presque pas. Qu'est-ce que tu risques. Ne me dis pas que tu ne l'as jamais fait avec une femme mariée.
— Ça te ressemble si peu... Je vais te laisser. C'est une très mauvaise idée !
— Tu me refuses ? Tu me le dois ! Tu m'as brisé le cœur après m'avoir dépucelée ! dit-elle, en s'énervant.

C'était si soudain, cette violente attaque, ce reproche cinglant. Mes remords sont remontés en bloc à ma conscience.
— Justement pour tout ça Nathalie. Je t'ai fait trop de mal. Pardon.

Il faut que je parte…
— Tu fuis toujours, tu as peur, tu es lâche !
— Nathalie, je ne te comprends pas. Tu es mariée. Tu n'es pas passé à autre chose ?

Nathalie était assise en face de moi. Elle s'est levée et a tiré sa chaise pour venir à côté de moi.
— Pardon, je n'aurais pas dû te parler comme ça. Je ne sais pas ce qui m'a pris. Tu me rends folle.

Elle a posé sa main sur mon bras. Elle était tournée vers moi, si proche, je sentais son parfum léger.
— Nathalie, tu n'as dit que la vérité. Tu as le droit de m'en vouloir. Tu as tous les droits. Je souffre de ce que je t'ai fait.
— Tu souffres, toi ?
— Oui, moi ! Je suis médecin. Je soulage la souffrance, je soigne les gens. J'ai de la compassion, dis-je vexé.
— Tu soulages la souffrance ?
— Tu en doutes ?
— Tu me laisserais *souffrir* ?
— Pas si je peux l'éviter.
— Rejoins-moi, chez moi. Donne-moi du plaisir comme tu sais si bien le faire. Je n'ai besoin de rien d'autre. Un peu de plaisir d'un homme. Pas de sentiment. Tu repars et tu m'oublies après. Et moi j'attends que mon mari rentre.

Son regard intense et pénétrant ne m'a pas lâché, ne m'a pas laissé la moindre chance. Je savais qu'il ne fallait pas le faire, à aucun prix. Mais une pulsion irrésistible, m'a poussé. C'était une folie. J'en ai fait tellement. Je suis incorrigible.

7

J'ai rejoint Nathalie à son appartement. À peine avais-je sonné qu'elle m'a ouvert. Elle m'a entraîné dans l'entrée, très excitée, fébrile. N'y tenant plus, elle m'a plaqué au mur et m'a embrassé avec fougue, sa main s'est glissée dans mon pantalon, elle m'a caressé.

— Viens, j'ai très envie ! dit-elle, sensuellement.

Elle ne m'a pas laissé respirer. Elle m'a pris la main et m'a tiré vers la chambre à coucher.

— Déshabille-toi, vite ! dit-elle.

J'avais à peine enlevé ma veste, qu'elle était déjà nue et s'étendait sur le lit, tendant les bras vers moi.

— Viens ! ajoute-t-elle ardente.

J'ai eu un passage à vide. Comme un jeune puceau devant une femme toute nue. J'ai été en proie au doute. Comme si je n'allais pas y arriver. Cette fois-là, c'est moi qui étais stressé, qui avait peur. Moi ? Non impossible ! Le sexe je domine, j'assure. Moi, je fais crier les filles ! C'est comme si je me mettais des gifles pour me motiver. Je me suis déshabillé et j'ai rejoint Nathalie sur le lit. Elle m'a enlacé, mais j'ai eu un sursaut, je l'ai repoussée :

— Nathalie, je n'ai pas de préservatif !

— Tu n'en as pas besoin, j'ai confiance en toi, tu es clean ?

— Nathalie !

— Je prends la pilule, je suis une femme mariée ! dit-elle en riant.

J'étais de nouveau déstabilisé par ce contre-temps qui brisait mon rituel.

— Nathalie, je crois que je ne vais pas y arriver... j'ai murmuré honteux.

— Tout va bien, laisse-moi faire, *laisse venir...*

Elle m'a caressé, et puis, d'abord maladroitement, et ensuite avec plus d'assurance, m'a pris dans sa bouche. Elle levait les yeux vers moi régulièrement pour vérifier l'effet de ses baisers sur mon sexe.

J'ai eu un déclic. J'ai eu une expérience extracorporelle, sens littéral du terme. Je ne me contrôlais plus ; c'est mon corps qui agissait seul. J'ai écarté délicatement la tête de Nathalie de mon sexe en érection, je l'ai basculée sur le dos, j'ai écarté ses cuisses largement et je l'ai pénétrée sèchement. J'ai commencé mon va-et-vient et j'ai accéléré progressivement. Mon peau frappait sa peau avec un « clac » sonore.

Je savais contrôler parfaitement mon réflexe d'éjaculation. Je pouvais durer longtemps comme cela. Au bout d'un moment, Nathalie s'est cambrée, ses mains se cramponnaient aux draps, ses jambes ont été prises de tremblements, et j'ai senti les spasmes de son vagin. Mais je n'ai pas arrêté. J'ai poursuivi, implacable, imperturbable. Nathalie a gémi plus fort, en rythme avec les coups de boutoir qui secouaient son corps. Et, un orgasme intense est monté en elle, une fulgurance, une onde dévastatrice. Elle s'est redressée, a tenté de rompre l'étreinte, de me repousser avec ses mains, tandis que ses cuisses serraient très fort ma taille. Et elle est retombée, la tête rejetée en arrière, les mains sur son visage. La sueur inondait son corps. Mais je poursuivais toujours, comme si je n'allais jamais arrêter. Et finalement, je suis venu, je l'ai libérée et je me suis laissé tomber à côté d'elle. Nous étions comme deux épaves rejetées sur la grève par une vague gigantesque. Nous étions anéantis, épuisés, rompus. J'ai mis plusieurs minutes à récupérer. J'ai lentement repris mes esprits, comme si je revenais d'une transe.

Je n'ai pas réalisé tout de suite ce qui se passait. J'ai tourné la tête pour regarder Nathalie. Elle avait les mains sur son visage. Sa poitrine était secouée de sanglots. J'ai eu une boule au ventre ; j'ai eu peur de lui avoir fait mal.

Je me suis redressé, j'ai écarté ses mains : son visage était baigné de larmes. J'ai balbutié :

— Nathalie, je ne sais pas ce qui m'a pris, j'étais fou. Je t'ai fait mal ? Dis-moi ce qui se passe… Est-ce que je peux faire quelque chose ?

Elle m'a regardé étrangement :

— Tu étais fou de moi. Tu avais envie de moi comme un dément. Tu es amoureux depuis tout ce temps…

Cette réponse ne m'a pas apaisé :

— Dis-moi ce qui se passe : tu souffres ? dis-je, inquiet.

— Oui, je souffre, c'est pire que si tu m'avais tuée !

— Mais enfin de quoi parles-tu ?

Elle s'est redressée, en colère, le regard fou :

— Avec mon mari je ne ressens rien. Je le rends malheureux. Avec les autres hommes que j'ai connus pareil ! Et avec toi, là, comme ça, j'ai des orgasmes ! Je croyais que ça venait de moi, que j'avais un problème. Je culpabilisais. Tout ce que j'avais en fait c'est que je t'ai dans la peau. Je n'arrive pas à passer à autre chose. C'est toi. Toujours toi ! Je t'aime à en crever et toi tu ne veux pas. Tu fuis. Tu m'aimes et tu ne veux pas te l'avouer.

Les larmes ont inondé ses joues. Elle m'a frappé la poitrine avec ses poings, de frustration. Je l'ai prise dans mes bras, sa tête sur mon torse, je sentais ses larmes couler sur ma peau.

Je me suis dit qu'il serait si facile de l'aimer. Mais c'était renoncer au « plan » de vie que je m'étais fixé. Je me suis menti à moi-même en me disant que je n'avais pas le droit de briser son mariage. Ce dont je me foutais éperdument.

Le remords implacable m'a de nouveau saisi parce que je n'avais qu'une idée en tête. Fuir. Fuir le plus vite possible. Le plus loin possible. Fuir sans se retourner.

J'ai repoussé très délicatement Nathalie de moi. Son regard a changé : il exprimait une tristesse immense.

— Ne me laisse pas encore... je t'en supplie, je ne le supporterais pas !

J'ai pris mes affaires précipitamment, j'ai couru hors de la chambre. Dans le couloir, je me suis rhabillé comme j'ai pu.
Nathalie, m'a suivi, nue, échevelée. Elle a essayé de me retenir avec des cris déchirants.
— Je ferais ce que tu veux, je serais ta maîtresse, ton coup d'un soir... Je ne te demande rien...

J'ai quitté l'appartement, hagard. J'ai roulé comme un fou, j'ai risqué l'accident à plusieurs reprises. J'ai eu envie de précipiter la voiture contre un mur pour en finir.

Je ne l'ai pas fait. Je suis un lâche. Je suis incapable d'aimer une femme. C'est chez moi qu'il y a quelque chose qui cloche, Nathalie. C'est moi qui ai un problème, une infirmité, une tare. Toi, tu n'as rien à te reprocher. Si peut-être : *m'aimer*.

8

Le jour du concours de l'internat, j'étais avec une fille délicieuse, très câline et douce. Elle m'a fait une fellation magnifique. Et puis nous sommes allés nous promener dans Paris. Sur les champs, elle m'a arrêté devant une boutique de chaussures.

— Viens, j'adore essayer les chaussures. Je ne peux pas me les payer, mais c'est fun !

Elle a essayé les escarpins et notamment les *Louboutin*. Elle s'est trouvée belle avec. Elle allait les enlever avec regret, je l'ai interrompue :

— Non, garde-les. Elles te vont si bien, ce serait un crime.

Je lui ai payé les chaussures. C'était cher pour un étudiant en médecine. Mais j'ai eu droit à un câlin qui valait le coup.

J'ai donc renoncé à la spécialisation. Je suis parti faire mon service national pendant une année. Puis, de retour à la vie civile, j'ai bouclé les deux années qui me restaient et j'ai soutenu ma thèse le plus vite possible.

Mon diplôme en poche, j'ai voulu m'installer sans tarder, pour commencer à gagner ma vie convenablement. Un médecin proche de la retraite cherchait un associé ; j'ai saisi l'occasion et j'ai commencé à travailler.

Et rien ne s'est passé comme prévu. Le « plan » n'a pas marché. J'ai commencé ma carrière, et tout de suite, c'était intense ; un rythme effréné ; des gardes nombreuses et interminables. Plus une minute à moi. De retour à la maison, je tombais de fatigue. Plus la force de sortir. Mes anciens amis m'ont oublié. Les aventures, les femmes : uniquement dans mes rêves.

Je gagnais beaucoup d'argent. J'ai acheté les voitures de sport mais, je ne roulais même pas avec. Mon associé est parti à la retraite et j'ai eu encore plus de travail. Je suis devenu grognon, irritable, stressé. Je faisais tout à cent à l'heure. Rien n'allait jamais assez vite. J'ai eu une réputation de clinicien hors pair. J'ai réussi dans mon travail, comme je réussissais les études. Plusieurs années ont passé sans même que je réalise. Un jour j'ai eu un flash. J'ai fait un bilan de ma vie. Je n'ai pas du tout aimé ce que j'y ai vu.

Moi qui avais voué ma vie au plaisir, à l'amusement, à l'insouciance, au jeu : je n'avais rien de tout cela. Pas de femme, plus d'amis, plus de hobbys. C'est à peine si je pouvais faire une partie de golf de temps en temps.

Et surtout, le poids de ce travail épuisant émotionnellement par l'accumulation du stress, de la souffrance et de l'agonie, de la mort omniprésente, de la déchéance humaine en était arrivé à m'écraser, à m'étouffer. Supporter cela fait partie du métier. Le supporter seul est encore plus pesant. J'en ai tiré la conclusion que j'avais *raté* ma vie. Que j'étais un imbécile.

Comme j'en étais là de mes réflexions, je me suis dit qu'il fallait tout foutre par terre et recommencer autre chose. Recommencer à zéro. Et il y a eu une sorte de révélation. Pour certains, ce genre d'expérience quasi-mystique les portent à une carrière ecclésiastique. Pas moi. J'aime trop les femmes. Pour moi cette révélation a provoqué un séisme qui a sapé les fondations de mes convictions profondes.

Je voyais en consultation une patiente, Isabelle, vingt-cinq ans, assez jolie, mariée, deux enfants. Timide, très douce, réservée, une petite voix aiguë. Elle me portait régulièrement ses enfants en disant :
— Docteur, le petit est malade.

Et je répondais immanquablement :
— OK Isabelle, je vais voir ce que je peux faire.

Son mari était un gros porc qui la maltraitait. Il la méprisait et lui parlait mal, prenant plaisir à l'humilier. Un jour, elle est venue avec lui en consultation, le traînant pour qu'il consente à se soigner. Et il a commencé à mal lui parler. Je suis soupe-au-lait. Je n'hésite pas à envoyer balader les gens et à les virer. J'ai senti monter la colère en moi. J'étais sur le point de lui faire fermer sa gueule et de le jeter dehors.

Et c'est alors que j'ai croisé le regard d'Isabelle. Un regard intense et tellement expressif. Il y avait tellement de choses dans ce simple regard. Ce regard me disait :
— *Ferme ta gueule. Tais-toi. Ne fais pas d'histoire. C'est mon mari. Je l'aime !*

J'ai fermé ma gueule. J'ai expédié la consultation et je suis passé au suivant. Quelque temps après, j'ai revu Isabelle avec ses enfants. Elle m'a dit :
— Docteur, le petit est malade.
— OK, Isabelle, je vais voir ce que je peux faire.

Et pour la première fois, Isabelle m'a demandé :
— Et vous docteur, ça va ?
— Je vieillis, Isabelle, je vieillis. Et toi ?

Sa réponse m'a sidéré. Et pourtant, elle est tellement simple. Elle a dit :
— Moi, docteur, *ça va, ça va...*

Son « ça va », traînant, tellement résigné, tellement triste aussi, m'a frappé au cœur et j'ai été assailli de pensées. Ce « ça va » désabusé, fataliste, ce « ça va » presque insignifiant était tellement lourd de sens à ce moment précis de ma vie. Cette femme aime son mari, malgré les humiliations et la vie difficile et morne, elle est prête à tout pour lui, elle le défend envers et contre tout. C'est Steinbeck qui a écrit : « une femme qui aime est presque indestructible » dans « À l'est d'Eden ».

C'est comme si, à force d'usure, les fondations avaient cédé et tout l'édifice s'était effondré dans un grand fracas. Il fallait reconstruire. J'y étais prêt.

Je me suis dit en premier : c'est ça que je veux. Je veux *une* isabelle. Parce qu'en définitive, personne ne m'aime, je ne compte pour personne, personne ne me défend. Je veux une femme qui m'aime comme ça. Totalement. Définitivement. Absolument. Moi aussi j'y ai droit. Je le vaux bien comme la pub le dit.

Alors une autre pensée s'est imposée : je me suis dit que si je voulais qu'une femme m'aime, il faudrait que moi aussi, j'aime cette femme. Cela heurtait mes principes de plein fouet. Mais je me suis dit avec force : s'il le faut, alors je le ferais, j'aimerais cette femme.

Et une autre pensée est venue : si une femme m'aime, et si j'aime cette femme, elle voudra plus. Elle voudra des enfants, une famille, se marier. C'était encore plus insupportable pour moi. Mais, là aussi, je me suis dit : s'il le faut, pour être aimé, je suis prêt à accepter ça aussi !

Et une autre pensée est arrivée. Comme une porte qui claque violemment, un couperet qui tombe, l'espoir qui s'évanouit. J'ai pensé : mais c'est trop tard pour moi. Les années ont passé. Jamais, maintenant, je ne trouverais une telle femme. Surtout, avec ce métier.

Cela m'a anéanti. J'ai eu encore plus conscience du gâchis de ma vie. J'étais prêt à tout balancer et à changer de vie.

J'en étais là. Vous vous dites, et Nathalie ? Elle arrive.

9

Je recevais une visiteuse médicale. Beaucoup de médecins ne veulent pas les recevoir. Pas moi. Pour moi, c'est une récréation.

On ne parle pas boutique. Je suis trop au fait des médicaments pour les laisser me débiter leur *argumentaire* commercial. Mais, comme j'ai du charme, je les fais rire et on parle de tout sauf du boulot.

— Docteur, j'organise un dîner dans le meilleur resto de la ville pour la promotion de notre nouveau médicament. Venez !

— Vous et moi ?

— Il y aura quelques confrères.

— Très peu pour moi. Voir des vieux médecins barbons, ça va pas le faire.

— Il y aura des femmes médecin et je serais là si vous vous ennuyez trop. Venez ce serait sympa.

— Il y aurait une opportunité pour moi, sur un malentendu ?

— Je suis mariée vous savez bien. Mais… Vous viendrez ?

J'ai finalement cédé, et je suis allé dans ce superbe restaurant. Une jeune femme, maitre d'hôtel très classe, m'a conduit à la table réservée. La visiteuse s'est levée souriante pour m'accueillir et faire les présentations :

— Docteur, je suis ravie que vous ayez pu venir. Je vous présente le docteur Nathalie B., cardiologue, mais je crois que vous vous connaissez. Je crains que vous ne soyez les seuls médecins à avoir pu vous libérer ce soir. Il se trouve que j'ai aussi un empêchement et que je ne vais pas pouvoir rester. Profitez bien du dîner. Tout est déjà réglé.

Elle s'est éclipsée. C'était un traquenard de Nathalie pour me voir. Elle était époustouflante. Robe de soirée, sobre mais sexy, noire, avec décolleté. Boucles d'oreilles fines pendantes. Maquillage parfait. Un petit sourire ironique et satisfait sur les lèvres, elle s'est levée et a frôlé ma joue de ses lèvres. De la voir si belle, si sûre d'elle, si calme, j'en ai été décontenancé.
— Comment, toi, tu restes bouche bée ? dit-elle.

Je tentais de reprendre le contrôle de mes nerfs :
— Je... tu... bon, quelqu'un t'a dit aujourd'hui à quel point tu es belle ?

Elle a ri, puis, minaudé :
— Attends, je réfléchis, à part toi ? Hum, personne ! Peut-être, parce que je suis cardiologue, j'impressionne les hommes. Un peu comme toi maintenant. C'est bien dommage.
— Je ne suis pas impressionné !
— Vraiment ?
— Non, le mot est trop faible. Je voulais tant te voir. C'est fou que tu aies pris l'initiative, à ce moment précis de ma vie, ou j'avais tant besoin de toi. C'est un signe du destin. Je n'osais pas te contacter après tout ce que je t'ai fait. Mais je me serais jeté à tes pieds, si j'avais pu.

Le sourire des lèvres de Nathalie, s'est lentement effacé. C'était son tour d'être surprise et troublée.
— Tu... est-ce que tu...

Elle a posé sa main sur sa bouche et ses yeux se sont troublés.
— Je sais qu'il est probablement trop tard pour moi, Nathalie. Tu es mariée, tu as fait ta vie et je vois que tu as merveilleusement réussi. Si seulement je pouvais revenir en arrière... Si seulement... C'est maintenant que tout est perdu que je peux t'aimer.

L'émotion m'a étouffé. J'ai détourné le regard. J'avais les larmes aux yeux. Nathalie a posé sa main sur la mienne :
— Calme-toi, respire, tout va bien.

Je n'arrivais pas à me calmer, j'étais si tendu, je répétais :
— J'aurais dû t'aimer, j'aurais pu t'aimer...

Nathalie, m'a forcé à la regarder avec sa main sur mon visage, délicatement. Ses yeux dans les miens, elle a dit :
— Je suis là pour toi ! Je t'attendais depuis toutes ces années. Je t'aurais attendu le temps qu'il faut.

Je ne comprenais pas ce qu'elle disait. Elle l'a bien vu et s'en est amusée.
— Je t'avais dit que tu serais amoureux de moi et que je t'en ferais baver !
— Je ne comprends pas ce que tu me dis Nathalie, dis-je pathétiquement.
— Tu es l'amour de ma vie. Je t'aime. J'ai attendu que tu me parles comme ça si longtemps. Je n'espérais plus. Tu as tellement changé. Qu'est-ce qui s'est passé dans ta vie ?

Je fis un geste d'impuissance de la main :
— J'ai raté ma vie. J'ai fait le bilan. J'étais sur le point de tout plaquer. De recommencer à zéro. Je n'avais pas beaucoup d'espoir.
— Pourquoi, être si négatif ? Ce n'est pas la vie que tu souhaitais ?
J'ai raconté à Nathalie ma vie, mon bilan. Ma révélation avec Isabelle et mes nouvelles résolutions. Nathalie a ri :
— Tu ne pourras jamais ! C'est impossible !
— Je n'ai pas le droit de te demander quoi que ce soit Nathalie. Je t'ai fait trop de mal. Tu ne mettras pas ton mariage en danger pour un fou comme moi.
— Je suis divorcée. Je te le redis, je suis là pour toi. *Laisse venir* mon amour.

Elle m'a embrassé pour couper court et m'apaiser. J'ai retrouvé le gout des baisers de Nathalie. Je me suis rappelé nos premiers baisers dans la voiture le soir. Je lui avais appris. Je n'ai pas pu m'empêcher de vouloir caresser sa joue, ses cheveux, son bras nu. Elle a frissonné.

Et puis, elle a eu son regard, ses pupilles immenses, son regard d'amour absolu. Celui qui me faisait si peur. Celui qui me faisait fuir. Et... j'ai eu envie de fuir. Encore ! Malgré toutes mes belles résolutions. Mais je n'ai pas bougé. J'ai soutenu son regard. Je me disais : je veux qu'elle m'aime. J'en ai besoin. Je l'aimerai aussi. Je ferai ce qu'il faut pour elle. Nous sommes restés les yeux dans les yeux longtemps. Et Nathalie a versé une larme :
— J'ai tellement de mal à le croire. Enfin. Tu vas m'aimer. La vie va commencer pour nous. Nous serons heureux ! Tout va bien.

J'ai demandé pardon à Nathalie une bonne partie de la soirée. C'est facile de demander pardon. Je ne sais pas si cela sert à grand-chose. Nathalie m'a alors, raconté sa vie, d'une voix un peu triste, monocorde :
— Quand tu m'as laissée, j'ai voulu mourir. J'ai pris des médicaments. J'ai dormi longtemps, je ne répondais pas au téléphone et maman s'est inquiétée. Mes parents sont venus chez moi, m'ont trouvée inconsciente. Mon père m'a faite hospitaliser. J'étais si mal ! On m'a harcelée de questions. J'ai dû tout raconter. Ma mère a voulu te tuer. Elle a téléphoné chez toi, mais tu étais introuvable ; je crois que tu n'es pas rentré chez toi pendant plusieurs jours.
Mon mari est venu de Lyon. Je n'ai pas voulu lui mentir. J'ai dit la vérité. Il m'a pardonnée... je pense que lui aussi à Lyon... Je l'ai suivi à Lyon pendant quelques semaines pour ressouder notre couple.
Le concours de l'internat est arrivé. Je l'ai présenté ; tu n'étais pas là. J'ai été nommée et j'ai commencé les stages d'interne.

Puis, je suis tombée enceinte. Je voulais cet enfant ; c'était plus fort que moi. Nous n'étions pas heureux avec mon mari : j'ai pensé que cela...

Nathalie a fait une pause, a bu un peu de champagne. Puis, elle a repris :
— J'ai poursuivi les études enceinte, jusqu'au dernier moment.

J'ai accouché de Julie sans André et peu de temps après j'ai repris le travail. Après l'accouchement… plus rien n'allait avec André. Nous nous sommes séparés puis nous avons décidé de divorcer.
— Et son enfant ?
— Il n'a pas cherché à voir beaucoup Julie… C'est…

Son regard s'est voilé. Elle était troublée.
— Il a la garde alternée ? je demande.
— Non. Sa carrière, tu comprends…
— Mais enfin, c'est sa fille !

J'ai préféré ne pas trop insister devant le malaise de Nathalie. Elle a repris :
— J'ai voulu te retrouver. Tu faisais ton service militaire dans un hôpital parisien. Des amis communs m'ont dit que tu vivais avec deux infirmières… Tu vivais avec deux femmes ?
— Enfin Nathalie… Les infirmières étaient des engagées, elles cherchaient un mari, elles étaient jeunes, belles, elles avaient un logement de fonction à Montparnasse… Moi, j'étais jeune aussi, beau, médecin, j'avais une voiture, j'étais baratineur, au lit je…

Nathalie hoche la tête, un demi-sourire aux lèvres et le regard sévère :
— Tu es toujours toi !

Et puis elle a continué :
— N'empêche, cela m'a anéantie. J'ai décidé que je ne te reverrais jamais. Tu m'avais fait trop de mal ! Ma fille m'a redonné goût à la vie, elle m'a permis de tenir. Parce que j'étais divorcée avec un enfant ! Pour ma mère, j'étais une fille perdue par ta faute. Elle voulait te tuer. Elle disait qu'avec un père comme toi, ma fille serait une catin. Mais elle n'a pas pu s'empêcher de l'aimer.

Je n'ai vécu que pour Julie. Les années d'internat ont passé ; un peu plus de cinq ans. Puis, j'ai pris des vacations de cardio dans un hôpital. Et j'ai vu passer tes malades ; tu travaillais beaucoup. J'ai lu tes courriers avec ton écriture vive, ton style direct. Tes patientes disaient que tu étais adorable, beau gosse, impertinent, grande gueule, sûr de toi. Et un jour… tu as appelé pour avoir un rendez-vous en urgence pour un de tes patients. J'ai répondu. Tu ne m'as pas reconnue, tu m'as prise pour une interne. Tu étais pressé, nerveux. J'étais bouleversée en raccrochant. Je tremblais. De ce moment, je n'ai plus arrêté de ne penser qu'à toi. Il fallait que je te voie. C'était une évidence, mais je n'osais pas.

J'avais sympathisé avec une visiteuse médicale du même âge que moi. Nous allions déjeuner ensemble de temps en temps. Un jour, elle me parle de toi. Elle me dit que tu as un charme fou. Que si elle n'était pas mariée, elle n'aurait pas résisté longtemps. Elle a vu mon trouble. Elle a deviné. Nous avons décidé d'organiser ce diner. Voilà !
Je n'osais pas dire un mot. Qu'aurais-je pu dire ? L'émotion me nouait la gorge.
Nathalie a repris :
— Ma fille, il faudra l'aimer elle aussi, autant que tu m'aimes. Tu pourras ?

Je prends une bouffée d'air :
— Je l'aimerais aussi !

Nathalie, comme pour encourager un convalescent :
— Tout va bien, tu verras, elle est adorable. Elle te *ressemble* beaucoup.

Sur le moment, je n'ai pas relevé cette allusion.
— C'est une telle responsabilité un enfant, je n'ai pas l'habitude.
— *Laisse venir*, mon amour.
— Oui, c'est ça, je vais laisser venir. Laisser venir. Je suis nul hein ?
— Tu es… toi !
— Attends, je suis dans le creux de la vague là, je vais me refaire. Tu vas voir.
— Du moment que tu ne te sauves pas en courant…dit-elle en riant de bon cœur.
— Demande-moi ce que tu veux.
— Viens chez moi, passe la nuit avec moi. Fais-moi l'amour

comme tu sais si bien le faire. Nous avons la maison pour nous, Julie dort chez sa grand-mère.

J'ai rejoint fébrilement Nathalie chez elle. Je crois que c'était une bonne idée.

10

Cette nuit-là avec Nathalie, malgré ma fébrilité, je n'ai eu aucun problème. Nous avons fait l'amour, puis nous avons parlé, puis nous avons refait l'amour... Jusqu'à quatre heures du matin au moins. Nous avions soif l'un de l'autre. Nathalie était à l'unisson avec moi. Elle répondait à chacune de mes caresses, de mes baisers. Elle accompagnait chacun de mes va-et-vient. Je l'amenais sans difficulté à l'orgasme. Tout semblait tellement simple, comme de respirer.

Elle m'a tellement dit qu'elle m'aimait, que cela m'a donné de la force et de l'assurance. C'était un baume pour mon âme. Nous faisions l'amour, nous ne couchions pas ensemble. C'était plus que du sexe.

Épuisée, Nathalie s'est tournée sur le côté et s'est lovée contre moi. Elle a pris mon bras libre, a croisé ses doigts dans les miens et a posé sa main et la mienne sur son petit ventre. Sa respiration s'est apaisée et elle s'est endormie rapidement.

Impossible de fuir ! Je n'en avais pas envie. Avoir une telle femme dans les bras... Lorsque j'ai ouvert les yeux, Nathalie, la tête posée sur son bras, me regardait.

— Cela fait longtemps que tu me regardes dormir ?

— Je n'en reviens toujours pas que tu sois encore là, dit-elle heureuse.

Je l'ai prise dans mes bras et je l'ai câliné. Elle a éclaté de rire. Sa joie simple était communicative. Et puis redevenue sérieuse :

— Tu restes avec moi aujourd'hui ! Dis oui ! On a beaucoup de choses à décider.

J'ai senti ma liberté d'action se restreindre d'une manière doulou-

reuse. Mais, à y réfléchir, c'était soit mon activité professionnelle qui prenait tout mon temps soit Nathalie. J'ai opté pour Nathalie. Nathalie est organisée, méthodique. Elle a déjà pensé à tout. Tout combiné. Il ne faut pas croire que c'est une écervelée amoureuse déconnectée des réalités. Elle m'a fait part du « plan » : vivre ensemble chez elle pour ne pas perturber sa fille. Et cela commence maintenant. J'ai bien tenté de résister pour la forme.
— Nan, attends, dès maintenant ? Ça va pas être possible là… dis-je.
Nathalie a froncé les sourcils :
— Tu me fais marcher, mon amour ?

Elle s'est jetée sur moi, m'a serré fort dans ses bras :
— Je te séquestre s'il le faut. Je te garde. On ne se sépare plus. Promets !

Il a fallu promettre. Jurer sur tout ce qui existe. Elle a sondé mon âme avec son regard magnifique en prenant mon visage dans ses mains. Et puis, satisfaite de ce qu'elle a vu, m'a embrassé à m'étouffer. Elle m'a mis en garde :
— Ma mère va ramener Julie. Elle sait tout de nous. Elle ignore que je devais te revoir hier soir. Quand elle va te voir ici, elle va faire une crise. Elle te déteste, elle veut ta peau ! Je serais là. Mais ce sera chaud. Tu ne t'enfuiras pas ?
— J'ai promis, juré, craché tout à l'heure.

Et Jacky est arrivé. Dès qu'elle m'a vu, les cris, les reproches ont plu sur moi, comme un orage de grêle.
— J'aurais dû m'en douter. Tu es complètement folle Nathalie ! Tu l'as dans la peau. Qu'est-ce qu'il t'a fait ? Il va encore te détruire…
— Il a tellement changé. Laisse-lui une chance. C'est l'amour de ma vie.

La petite Julie, mignonne comme tout, les yeux de sa mère, avec une jolie robe rose, s'est approchée de moi, curieuse de me voir.
— Tu as fait une bêtise ? Comment tu t'appelles ?

Je l'ai prise dans mes bras, je lui ai fait des bisous, elle a éclaté de

rire. Les deux femmes se sont interrompues et Nathalie a regardé sa mère avec une grande intensité. Jacky a pincé les lèvres. Elle a fait un geste d'impuissance et d'agacement.
— Vous êtes fous tous les deux. Et vous allez vivre ensemble ?

Elle m'a menacé du doigt :
— Je te préviens...

C'est Julie qui m'a défendu :
— Laisse-le mamie, il est gentil !

Nathalie a pouffé de rire. Elles sont parties discuter dans la grande cuisine américaine de Nathalie. Julie m'a pris la main et m'a tiré vers sa chambre, pour me montrer ses jouets et ses affaires. Elle était si innocente, si touchante. Impossible de ne pas aimer cette enfant, même si c'était l'enfant de l'ex de Nathalie. Nathalie a passé la tête dans la chambre et a paru satisfaite de nous voir ensemble avec sa fille.
— Elle est partie. Ça s'est mieux passé que je ne pensais.
— Tu trouves ?
— Tu es toujours vivant non ?
— Ton père est dans le même état d'esprit ?
— Non, lui te trouve « amusant ». Il dit que tu as une personnalité attachante. Enfin, il le disait jusqu'à ce que maman menace de le quitter s'il continuait à dire ça. C'est de ma sœur qu'il va falloir te méfier.
— Ta sœur ? C'est à peine si je la connais...
— Dès qu'elle t'a vu, elle a eu le béguin pour toi. Elle voudra peut-être te boxer.
— Nathalie, il va falloir que j'y aille là.

Nathalie s'est plantée dans l'encadrement de la porte, les bras croisés.
— Il faut que j'aille chez moi prendre des affaires ! dis-je sans pouvoir me retenir de rire.
— On vient avec toi !

11

Nous avons commencé notre vie commune avec Nathalie. C'était finalement moins difficile que je ne l'avais craint. J'imaginais des frictions, des crises, des disputes, des réconciliations. Rien de tout cela avec Nathalie. Elle devance les problèmes, elle est conciliante, elle accepte les compromis, elle négocie. Il faut dire qu'elle me ménage et me materne comme un enfant. Le plus difficile, c'est le sentiment de promiscuité, inhérent à la vie de famille. Pas moyen de s'isoler. Nathalie ou Julie sont toujours dans mes pattes. Il faut penser famille. Il faut prendre en compte l'enfant. Ce n'est pas évident pour moi. Je m'accroche. J'ai promis. Et puis c'est arrivé. Pour moi, une totale surprise. Nathalie m'a annoncé sa grossesse.

—Comment c'est possible ? Je le crois pas !

—Docteur, vous ne savez pas comment on fait les enfants ?

—J'étais persuadé que tu prenais la pilule. Tu aurais dû me le dire.

—Cet enfant de toi, je le voulais. J'étais prête à tout pour l'avoir. Je l'aurais gardé même si tu m'avais quitté. L'avoir avec toi c'est un grand bonheur.

—Mais Nathalie, deux enfants...

Nathalie a mis son doigt sur ma bouche pour me faire taire :

—Tout va bien. Nous sommes ensemble. *Laisse venir*.

Il a fallu aller chez les parents de Nathalie annoncer la nouvelle. Sa mère s'est laissé tomber sur une chaise abasourdie :

— Cette fille est folle. Tu as le diable au corps. Un deuxième enfant ! Avec lui !

—Nous sommes ensemble, nous sommes médecins, nous nous aimons. Où est le mal ?

— Cela fait à peine deux mois ! Il ne tiendra pas six mois. Je lui donne six mois pour te faire cocue !

Gérard m'a pris en aparté :
— Mon cher, tu ne cesses de me surprendre. Avec toi, on ne s'ennuie pas. Quelle vie ! Mes félicitations. Nathalie est radieuse depuis que vous êtes ensemble.

Puis ce fut le tour d'Océane, très belle, impertinente, qui finit ses études de médecine :
— Tu tiendras jamais. En vrai, tu l'as déjà trompée ?
— Tu es une peste, tu le sais ? dis-je, sèchement.
— Il y a des histoires salaces de tes exploits à l'internat de l'hôpital X. qui circulent encore tu sais ? Tu ne changeras jamais. Ma sœur ne doit pas s'ennuyer avec toi au lit. Elle a l'air ingénue comme ça, elle cache son jeu.
— Ne parle pas de ta sœur comme ça ! Pour moi, tu peux dire ce que tu veux. J'ai tous les torts. Mais elle est admirable. Elle est exceptionnelle. Je te souhaite d'être la moitié de ce qu'elle est !

Nathalie s'est aperçue de ma discussion animée avec Océane. Elle se méfie. Elle a entendu des bribes, elle s'interposa :
— Qu'est-ce qui se passe Océane ?

Océane, gênée, méditait mes paroles :
— Tu es une mère poule pour lui. T'inquiète, je ne vais pas le manger.
— C'est ma faute Nathalie. Elle n'y est pour rien. Elle s'inquiète pour toi. C'est naturel, j'ai une réputation.
— C'est le père de *mes* enfants ! explose-t-elle.

Un silence gêné s'est fait dans la pièce. Je n'ai pas compris ce qui se passait et, sur le moment, je n'y ai pas attaché d'importance. J'ai juste pensé que Nathalie me considérait un peu comme le père de Julie.

La vie commune a continué. Nathalie, m'a donné des preuves de sa confiance absolue en moi, en me confiant sa fille, ce qu'elle a de plus cher au monde. J'ai dû m'occuper de Julie. La chercher à l'école, la garder de temps en temps, lui donner son bain ou la faire manger. Pour les repas, Nathalie a préféré reprendre la main. Ne sachant pas cuisiner je gavais la pauvre enfant de céréales, de chocolats et de bonbons, ce qu'elle adorait. En passant après moi, Nathalie avait un mal de chien à faire manger des carottes ou des haricots verts à Julie.

Elle venait me voir à bout de nerfs :

— Elle ne veut manger que du chocolat par ta faute. Va, t'en occuper, elle ne m'écoute pas !

Et puis un jour, je suis tombé sur le carnet de santé de Julie. Et j'ai été surpris de voir qu'elle portait le nom de sa mère.

— Nathalie, André n'a pas reconnu sa fille ? Qu'est-ce que c'est que cette histoire…

Nathalie a mordillé sa lèvre inférieure :

— C'est compliqué…

— Mais enfin, c'est son père, il ne vient jamais la prendre ?

— Il n'est pas très « concerné » par sa fille… Sa carrière de chirurgien. Et je préfère ça de toute façon. Ça m'arrange.

— C'est pas clair cette histoire. En plus, elle a un vaccin en retard !

— Occupe-t'en !

— C'est toi qui l'as vaccinée jusqu'à présent.

— Parce que j'étais *seule*. Tu es médecin de famille, tu es plus à même de le faire.

— Et pourquoi pas son père ?

Nathalie s'impatienta :

— Maintenant, c'est toi *son* père. Elle t'appelle papa non ?

J'ai compris que le sujet était sensible. J'ai laissé tomber… encore. J'ai bien essayé d'en savoir plus sur le mariage de Nathalie et André. Tout ce qu'elle a accepté de me dire c'est que ce mariage était une erreur.

— C'est parce que tu l'as trompé en sixième année ? Il n'a pas pardonné ?

En évitant de me regarder, elle balbutia :

— Il… Ne te fais pas de reproches, je n'étais pas heureuse avec lui.

— Mais si je me fais des reproches, parce que si tu n'étais pas heureuse avec lui, c'est que tu m'aimais toujours.

— Je ne veux plus en parler. Ne me questionne plus !

Nathalie n'exige pas grand-chose de moi. Mais quand elle me demande, c'est que c'est important. Alors je n'ai pas insisté.

La grossesse de Nathalie s'est poursuivie sans encombre. Nous avons su que ce serait un garçon. Nathalie a tout planifié pour l'accouchement. Elle s'est arrêtée de travailler à ma demande, un bon mois avant le terme. Elle a été touchée que je me préoccupe d'elle. Je lui massais les jambes et les pieds le soir. Je la réconfortais quand elle avait des contractions. Elle a pris l'habitude de dormir lovée contre moi, nos mains posées sur son ventre rond. Et je sentais les coups du bébé.

En s'endormant dans mes bras, Nathalie a murmuré :

— Je crois que ce sera un dragueur comme son papa. Il m'en fait déjà voir de toutes les couleurs.

À la date du terme, tout était prêt, programmé. Nous avons gagné la maternité. Nathalie m'a expliqué que pour son premier accouchement elle était seule, son mari n'ayant pu se libérer. Elle était très soulagée que je sois avec elle, ce jour-là. Moi pas. J'étais mort de trouille. J'ai néanmoins participé à l'accouchement, Nathalie y a tenu. Notre petit garçon est venu au monde en bonne santé, et j'ai été saisi d'angoisse devant une telle responsabilité. J'ai raconté déjà l'épisode *glorieux* du retour de la maternité. Mais je n'avais pas fini de subir mes démons.

12

Nathalie donne le sein au bébé. Comme elle l'a fait pour Julie. Elle a décidé d'allaiter pendant le premier mois. Il y a un calme, une sérénité incroyable. Seul le bruit régulier de succion du bébé est à peine audible. C'est une épreuve pour lui de téter. Il est en nage dans les bras de sa mère, assise dans le lit, patiente, un sourire aux lèvres.

Nathalie est heureuse de sa vie. Je ne la comprends pas. Sa vie, en vrai, est un enfer. Elle n'arrête pas une minute du matin au soir. Les courses, les repas, le linge, le travail, les enfants, moi. Je l'aide un peu, mais je suis incorrigible. J'en profite pour me défiler de temps en temps. La nuit quand j'entends le bébé pleurer, je n'ai pas envie d'y aller. Je me dis : "elle va y aller". Et en effet, avec des précautions infinies pour ne pas me déranger, Nathalie se lève. J'ai bien un peu de remords. Surtout que probablement, elle sait que j'ai entendu. Nathalie me connaît, elle me devine.

Hier j'avais envie d'elle. Malgré sa fatigue, elle s'est apprêtée, a enfilé une nuisette, mis du parfum dans son cou et la naissance de ses seins. Quand elle est venue se coucher, j'avais gardé mon pyjama, j'ai eu pitié. Elle s'en est étonnée.

— Tu es fatiguée ma puce. Tu n'en as pas vraiment envie. Viens te coucher, je vais te câliner et tu vas dormir, dis-je.

— J'ai l'air fatiguée ? Je ne suis pas belle ? dit-elle peinée.

— Tu es adorable. On a le temps, demain, après-demain...

Elle s'est allongée, je l'ai prise dans mes bras. Elle avait la tête sur ma poitrine. Son oreille collée sur mon sein, elle écoutait mon cœur. Elle sait que je n'aime pas qu'elle le fasse. Si, par hasard, elle entend une extrasystole, elle pâlit.

— Tu écoutes mon cœur ? dis-je.

Nathalie sur la défensive :
— Oui ! J'en ai le droit, il bat pour moi !

J'ai souri. Oui, tu en as le droit Nathalie. Tu as tous les droits. Je voulais l'amour d'une femme, absolu, définitif. Et j'étais prêt à tout pour l'avoir. Je l'ai !
Ces mots ne sont pas sortis de ma bouche. J'ai peur de ce qu'elle pourrait en faire. Avoir peur de Nathalie… Je ne changerais jamais. Et puis Nathalie s'est redressée. Avec son regard sensuel, elle a enlevé sa nuisette. Ce n'était pas simplement l'ôter. C'était surtout, dévoiler sa nudité avec charme. Ses seins étaient lourds. Elle était belle. Non, ce n'est pas lui rendre justice de dire simplement cela. Dans le langage des sites X, on dirait : c'est une *MILF (Mother I Like to Fuck)*. Sans dire un mot, elle m'a déshabillé comme un enfant.
— J'ai envie d'amour. On va faire doucement, le lotus. Tu seras très tendre comme tu sais le faire, dit-elle.

Je lui ai appris cette position, assis en tailleur, elle sur moi, elle contrôlant les mouvements, elle faisant venir son plaisir de loin, de très loin, intense, si intense qu'à la fin, il faut que je la soutienne et que je la serre dans mes bras, qu'à la fin elle n'a plus la force de bouger et qu'il faut que j'accompagne et que je l'aide.
Elle aime cette position qu'elle trouve moins animale, plus sentimentale.
Elle ne refuse jamais les autres positions ou mes fantaisies. Mais celle-là a sa préférence. C'était hier.

Donc, je regardais Nathalie donner le sein. Je ne me suis pas rendu compte de l'insistance de mon regard. Elle a levé les yeux vers moi :
— Quoi ?
— Je me demandais… dis-je gêné.
— Quoi ? dit-elle amusée.
— Non, tu vas te fiche de moi !
— Je m'attends à tout de ta part ! Dis !

N'y tenant plus, je me lance :
— Quel goût ça a ?
— Quoi ? Le lait de femme ?
— Oui. C'est bête hein ?

Doucement, elle a décollé le bébé de son sein. Elle a passé son index sur son mamelon et a recueilli une goutte de lait, puis elle m'a tendu avec précaution son doigt. J'ai léché la goutte opalescente et j'ai goûté le lait de Nathalie. Ça l'a beaucoup amusée :
— Alors ?
— C'est du lait, dis-je, déçu.
— Tu t'attendais à quoi ? dit-elle en riant.

Le bébé s'est impatienté et Nathalie lui a de nouveau donné son sein et a caressé sa tête.
Puis, une fois terminé et le bébé dans son petit lit, elle est venue contre moi.
— Tu as envie ce soir ? demande-t-elle.

Elle est très attentive à mes « envies ». Comme beaucoup de femmes elle pense les hommes dominés par le sexe. Je ne la détrompe pas, j'aime le sexe, mais j'aime aussi séduire et voir ailleurs. Avant ! Maintenant, je suis *clean* !
— Repose-toi. Cela t'épuise d'allaiter.

Elle s'est lovée contre moi. Elle a pris mon bras sur elle. Sa respiration s'est apaisée. Elle s'endormait.
— Tu ne me le demanderas *jamais* ? Dit-elle d'une voix ensommeillée.
— Quoi mon ange ?
— De t'épouser...

Cela m'a piqué au cœur. J'ai eu probablement une extrasystole. Heureusement qu'elle n'écoutait pas. Malgré mes résolutions, malgré ce que je savais des convictions de Nathalie, et de l'importance pour elle de la famille, du mariage, des sentiments, de l'amour : je n'avais même pas eu l'idée de lui demander si elle avait envie de se marier !

De nouveau, j'ai eu honte de moi. Elle devait y penser souvent, elle qui voulait se « garder » pour son mari. Elle n'osait rien dire. Il avait fallu une extrême fatigue, pour que, sans s'en rendre compte, les mots sortent de ses lèvres. J'ai murmuré tout bas :
— Tu veux m'épouser ?

Je n'ai pas eu de réponse. Nathalie dormait. Ma conscience en a été soulagée : j'ai quand même demandé, j'ai bien fait une demande en mariage, même si c'est la plus ringarde de l'histoire des demandes en mariage ! Ce n'est pas ma faute si elle n'a pas entendu !

Je me suis réveillé en sursaut. Il y avait du bruit dans la maison. Des rires d'enfant, des cavalcades, des cris de bébé. Je me suis redressé et j'ai regardé la pendulette : j'étais en retard ! J'ai grogné :
— Nathalie !

Au bout d'un moment, elle a passé la tête dans l'entrebâillement de la porte :
— Mon amour, tu m'appelles ?
— Tu m'as pas réveillé, je suis en retard ! Dis-je en bougonnant.
— J'ai pensé qu'après cette nuit agitée pour toi, il fallait te laisser dormir.
— Agitée ? De quoi tu parles ?

Elle faisait manifestement des efforts pour se retenir de rire :
— Tu as fait un effort surhumain.
— Mais enfin, je comprends rien à ce que tu racontes !
— Tu m'as demandé de t'épouser !

Elle s'est enfuie en éclatant de rire.
— Non, attends, c'est pas ça… Nathalie !

Puis en revenant en coup de vent, elle me lança :
— La réponse est oui. Mais ne t'inquiète pas. Je m'occupe de tout. Tout va bien. *Laisse venir* !

Non, tout n'allait pas bien. Tout allait même très mal. J'ai eu l'impression d'être tombé dans un traquenard. Nathalie est venue près de moi. Elle sentait mon trouble. Elle anticipait comme toujours.

— Viens m'aider, Julie est infernale. Elle ne m'écoute pas. C'est toi l'homme de cette maison. Et ensuite, file à la douche !

M'empêcher de réfléchir. Me distraire. Me plonger dans l'action. En effet, c'est ce qu'il fallait pour quelqu'un comme moi.
J'ai bondi comme un chat, j'ai appelé Julie. Pour toute réponse j'ai eu un rire d'enfant espiègle. J'ai repéré des petits doigts qui dépassaient de derrière le dossier du canapé. J'ai happé cette petite chipie qui m'a serré dans ses bras.
La joie simple de cette enfant, heureuse simplement de me voir, que je m'occupe d'elle…
Non, je n'avais plus le cœur triste. J'ai surpris le regard de Nathalie : elle rayonnait. Elle allait se marier avec moi. Elle s'était bien *gardée* pour son mari finalement. J'étais celui qu'elle aimait, j'étais celui qu'elle avait toujours voulu avoir. Elle m'avait, malgré tous les obstacles, grâce à sa détermination sans failles, son obstination implacable, digne d'un Winston Churchill : *le succès, c'est d'aller d'échec en échec sans perdre son enthousiasme*.

14

J'ai vécu des jours difficiles en proie à des doutes et des pulsions très fortes. Le mariage ! En plus Nathalie souhaitait un « mariage » de princesse. Elle arguait que son premier mariage avait été bâclé pour cause d'études et d'emploi du temps. Elle voulait un mariage civil *et* religieux au temple. J'ai protesté que j'étais une âme perdue sans religion, elle a rétorqué que le pasteur (qui était une femme de sa connaissance) était très compréhensif. J'ai protesté du prix exorbitant d'un tel mariage : un haussement d'épaules a balayé l'argument :

— Mes parents seront très heureux de participer. Et de toute façon tu es riche ! Tu es médecin !

Il n'y avait pas moyen de contrarier Nathalie. Elle était sur un nuage. Les *trois grâces*, comme je les surnommais, sa sœur, sa mère et elle, ont travaillé d'arrache-pied pour tout organiser dans les moindres détails.

Il a fallu apprendre à danser, les essayages de costumes... De son côté, la robe et les tenues des demoiselles d'honneur. Elle tenait à ce que nous récitions un petit compliment l'un pour l'autre pendant la cérémonie. Il fallait que ce soit original. Nathalie me tannait avec ça :

— Tu as trouvé un compliment.

— Oui, c'est bon : je t'aime et je t'aimerais toujours !

— Tu pourrais trouver mieux !

— C'est ridicule, nous ne sommes plus des enfants...

— Pour moi !

— Tu me...

— Tu vas être méchant avec une future mariée ?

Moi, déclamer devant une assemblée des mots doux pour ma dulcinée ? Nan sérieux ! Il fallait que je me sorte de ce traquenard. J'avais atteint la zone rouge, la masse critique. J'étais en surchauffe.

Et en plus, il y a eu l'*incident*. Un coup de massue. Nathalie m'a demandé de m'asseoir près d'elle pour me parler. Très tendue et nerveuse.
— J'ai quelque chose d'important à te dire avant le mariage. Ça ne peut plus attendre, dit-elle.

Elle s'est passé la main sur le front. Ses yeux fuyaient les miens. J'étais inquiet.
— C'est quoi Nathalie, des problèmes ?

Je craignais, qu'elle ne m'annonce un problème de santé. Je suis médecin, je suis hypocondriaque !
— C'est au sujet de Julie... c'est *ta* fille !

Je n'ai pas compris sur le moment :
— Oui, je sais, je suis comme son père...
— C'est ton enfant. Tu es son père biologique. Quand nous avons fait l'amour en fin de sixième année... je suis tombée enceinte.

Je n'arrivais pas à le croire :
— C'est impossible ! Tu prenais la pilule, tu me l'as dit !
— J'ai menti... Je ne sais pas ce qui m'a pris ce jour-là. Nous étions comme des fous. Rappelle-toi comment tu m'avais fait l'amour. Moi je me rappelle chaque baiser, chaque caresse.
— Tu m'as menti ! Toi ! Avec tes principes, ta religion, tes convictions ! Pourquoi n'avoir rien dit quand on s'est mis ensemble ?
— Je voulais te préparer. Te laisser le temps de t'habituer, de l'aimer.
— Ton divorce c'est pour ça ? Ton mari t'a quitté ?
— Il... a eu des doutes. Il m'a demandé si j'étais sûre qu'il était le père. Je n'étais pas sûre. Il a exigé un test de paternité. Au résultat du test, il a décidé de rompre. C'est pourquoi elle porte mon nom.

Je n'ai pas d'excuses, seulement que je t'aimais. Probablement, inconsciemment je voulais un enfant de toi...

Je me suis senti manipulé, trompé, grugé. Moi ! À moi, un coup pareil ! Mais non, pas moi ! Je ne me suis pas rendu compte de l'expression qui s'est peinte sur mon visage, dans le tourbillon furieux de mes pensées, dans l'implosion de mon égo.

Quand j'ai regardé Nathalie, j'ai lu la peur dans son regard ; une terreur même. Je devais avoir le même regard quand je l'avais abandonnée en larmes, avec ses cris déchirants, ce jour où, sans le savoir, je lui faisais un enfant, ce jour où elle avait eu un orgasme tellement violent, ce jour où j'avais perdu totalement le contrôle de mon corps.
Instinctivement, elle m'a pris les mains et les a serré très fort.
Elle a commencé à murmurer, incapable de parler normalement :
— Je t'en supplie...

Sa détresse était si grande. Je l'ai prise dans mes bras et j'ai murmuré à son oreille comme pour sa première fois :
— Ne t'inquiète pas. Je vais *laisser venir*. Je vais *laisser venir*. Ça va aller. J'ai envie de partir, mais je suis toujours là avec toi.

J'ai repris mon calme, j'étais sonné. Je ne ressentais plus la douleur. Et j'ai vu de nouveau le regard de Nathalie, son regard si particulier, ses pupilles immenses, son regard dévastateur d'amour. Elle a caressé ma joue avec une main glacée.
J'avais mon *isabelle*. Une femme m'aimait, moi, malgré moi. Pour me réconforter, je me suis dit que je n'avais finalement pas tout raté dans ma vie, pour avoir pu être aimé d'une femme telle que Nathalie. Elle s'est levée.
— C'est dingue, mais pourquoi j'avais pas de capote ce jour-là ? J'en avais toujours sur moi, au cas où ! dis-je, me parlant à moi-même.
— Tu es un salaud, tu le sais ?
— C'est toi qui me dis ça ? Toi qui m'as dit, les yeux dans les yeux « je prends la pilule, je suis une femme mariée », toi qui as dit « c'est le père de *mes* enfants » ! Tout le monde était au courant sauf moi !

Nathalie a pris son regard sensuel. Elle s'est assise sur moi, a passé ses bras autour de mon cou, a murmuré :
— J'ai eu un bon professeur ! Comment me faire pardonner ?
— Oh toi, je vais te faire mal, tu vas crier.
— Des promesses, toujours des promesses…

Et j'ai eu droit à un câlin magistral. Finalement les femmes médecin au lit…

15

Après le mariage civil à la mairie, que j'ai vécu dans un état second, je suis rentré à la maison me changer. De son côté Nathalie est allée chez sa mère enfiler sa robe de mariée que je ne devais voir qu'au dernier moment. Toutes ces conventions, tout ce cérémonial me… gonflaient au plus haut point !

Nous devions nous retrouver au temple. Au moment de repartir, j'étais prêt…

Mais, ces conventions, ce cérémonial, c'était l'erreur de Nathalie. Me laisser seul, à ce moment critique, avec moi-même, avec mes démons. Sans garde-fou.

Et j'ai commencé à gamberger. Une femme, deux enfants ! Marié ! Fini les virées, les coucheries sans lendemain, les fêtes. Même si je ne faisais plus tout cela depuis longtemps, j'avais l'impression de pouvoir encore le faire. D'en avoir la possibilité me suffisait. Je ne voyais la vie qui m'attendait que comme une succession ininterrompue de corvées, de « viens m'aider ».

Je me suis dit : *on n'a qu'une vie ! Il faut en profiter. Il faut que je me protège. J'en ai le droit !*

J'ai entassé des affaires dans la voiture, ce qui me tombait sous la main. J'ai pris la route. Pendant quelques minutes, je me suis senti bien, j'étais **libre**. Je reprenais le contrôle de ma vie. J'étais léger. Un poids s'était soulevé de ma poitrine.

Au moment d'entrer sur l'autoroute, une force inattendue m'a fait stopper la voiture. J'avais le visage de Julie et du bébé devant les yeux. Et surtout les yeux de Nathalie, son regard si doux pour moi, même quand je lui fais du mal.

Mais, je n'étais pas encore prêt. J'ai attendu, les mains sur le volant. La route était là, le symbole des possibilités. Refaire ma vie, sur la côte, au soleil. Draguer des femmes sur la plage. Ne pas avoir de responsabilités. Je pouvais le faire ; j'y étais presque, il ne manquait pas grand-chose.

Et puis, je me suis rappelé mon désarroi, quand j'avais fait le bilan de ma vie sans Nathalie, que je pensais avoir tout raté. Mais même cela, ça n'a pas suffi. Je me suis dit que je pouvais faire mieux.

Et puis, de me voir comme ça dans une voiture arrêtée, moteur tournant, le jour de mon mariage, je me suis dit que j'avais vraiment un problème. J'avais un défaut, une infirmité. J'étais incapable d'être heureux, de ressentir le bonheur, de le voir, de m'en satisfaire. Il me fallait toujours plus, toujours mieux. Quoi que je fasse, cela ne serait jamais suffisant. Où que j'aille, ce serait pareil. J'étais un mutilé, il me manquait l'organe du bonheur. Et je me suis dit : ce n'est donc pas ma faute, je n'y peux rien, je n'ai rien à me reprocher. Je suis infirme voilà tout, je suis même plutôt à plaindre. J'ai passé la première.

Et puis non, il y a eu un autre revirement le dernier. C'est le « je t'en supplie » de Nathalie qui m'a rattrapé. La compassion m'a saisi : je n'avais pas le droit de faire encore souffrir Nathalie. Elle m'attendait au temple. Elle devait avoir compris et se douter. J'étais en train de bousiller *son* mariage.

Un jour Nathalie m'avait dit « tu me laisserais souffrir ? » et j'avais répondu « pas si je peux l'éviter ». Je pouvais l'éviter. Je n'étais pas loin du temple. Il n'était pas trop tard.

Je pouvais encore rattraper le coup.

16

Je suis arrivé au temple en trombe. J'ai couru sur le parvis. Nathalie devait être conduite à l'autel par son père. Moi, je devais être conduit par sa mère Jacky. Elle m'attendait, pimpante, des flammes dans le regard. Elle faisait les cent pas à se ronger les sangs. Elle m'a agrippé le bras et a sifflé :

— Tu as voulu te tirer encore salop ! Tu ne changeras jamais !

J'ai fui son regard :

— Je ne retrouvais pas mes boutons de manchette…

— Tu mens ! Nous avions tout préparé pour toi ! Elle est là qui t'attend, tu es tout pour elle, tes enfants !

— Ne la faisons pas attendre davantage. Je ne suis pas beaucoup en retard…

— Salaud !

Nous sommes entrés dans le temple avec Jacky à mon bras et nous avons marché solennellement dans l'allée centrale au milieu des invités nombreux. À chaque pas, Jacky murmurait dans ses dents une injure :

— Salaud, bon à rien, coureur, menteur…

Puis, n'y tenant plus, elle a murmuré :

— Mais qu'est-ce qu'elle te trouve ?

— Je suis beau, intelligent et au lit elle a des orgasmes.

Jacky s'est arrêtée et brusquement, comme un bouchon de champagne qui saute, elle a éclaté de rire. Son rire s'est répercuté dans la salle, à la stupéfaction de tout le monde. Elle s'est remise en marche et a murmuré plus détendue :

— Plus jamais tu me reparles de la sexualité de ma fille !

— Tu m'aimes un peu quand même ?

— Tu es le père de mes petits-enfants, idiot ! elle a serré plus fort mon bras.

J'ai rejoint Nathalie. Elle avait une robe de mariée très sobre sans traîne, assez courte couleur blanc-crème, des dentelles très fines, de jolies chaussures blanches, un petit chapeau élégant avec une voilette devant les yeux. C'était une princesse de rêve.
— Mais qu'est-ce qui se passe ? Des problèmes avec maman ? dit-elle visiblement inquiète.
— Je suis un peu en retard, pas beaucoup, ce n'est rien. Il a fallu que je *laisse venir*… J'avais peur que tu ne commences sans moi.
— Je t'aurais attendu le temps qu'il faut…
— On t'a dit à quel point tu es jolie aujourd'hui ?
— Tout le monde m'a complimenté, mais il n'y a que toi qui comptes.

Et puis, pinçant les lèvres :
— Tu as préparé un compliment ?
— Je t'aime et je t'aimerai toujours !
— Je m'en contenterai, dit-elle en souriant.

La cérémonie a commencé. Je n'ai pas entendu grand-chose. Nous étions face à face, nous tenant les mains, et les yeux de Nathalie dans les miens. Je me suis perdu dans son regard. Il me disait tellement de choses ce regard.

Et puis est venu le moment du compliment. Il m'a fallu commencer. Je suis un salopard, mais j'ai lu des livres. J'ai commencé à réciter, sans notes, avec un peu d'appréhension d'abord, puis, prenant de l'assurance :

> *Arrêtez les pendules, coupez le téléphone,*
> *Empêchez le chien d'aboyer pour l'os que je lui donne,*
> *Faites taire les pianos et les roulements de tambour*
> *Écoutez-moi, déclarer mon amour.*
> *Que des avions au-dehors*
> *Dessinent ces mots : je t'aime Nathalie.*
> *Tu es mon nord, mon sud, mon est, mon ouest,*

> *Ma semaine de travail, mon dimanche de sieste,*
> *Mon midi, mon minuit, ma parole, ma chanson,*
> *Je ne croyais pas à l'amour : j'avais tort !*
> *Que les étoiles se retirent, qu'on les balaye*
> *Démontez la lune et le soleil*
> *Videz l'océan, arrachez les forêts*
> *Car rien d'autre ne compte pour moi, désormais.*

J'ai conclu en précisant que c'était une paraphrase d'un poème de Wystan Hugh Auden.

Il fallait oser prendre un éloge funèbre pour en faire un compliment pour une mariée. Je n'en suis pas à ça près !

J'ai été chaudement applaudi par la salle dont une partie était en pleurs. Nathalie a été infiniment surprise de cette déclaration. Trop. La pauvre pleurait toutes les larmes de son corps. Les demoiselles d'honneur aussi, et même Jacky. Elles se sont précipitées pour lui essuyer le visage sans abîmer trop son maquillage. J'étais confus. Enfin, Nathalie a retrouvé un peu de sérénité, elle a repris sa place, sorti un petit papier avec son écriture lisible et appliquée, d'une main tremblante.

Ses yeux étaient encore baignés de larmes et elle n'y voyait rien, mais elle connaissait par cœur son compliment. Pour l'aider, je lui ai soufflé les premiers mots en lisant son papier et elle a enchaîné seule :

> *Je t'aime depuis le premier jour de notre rencontre.*
> *Mon amour n'a jamais cessé de grandir malgré les*
> *épreuves que nous avons traversées.*
> *Tu m'as donné des enfants merveilleux.*
> *Je bénis le ciel d'être à tes côtés chaque jour.*
> *Je n'imagine pas de vivre sans toi.*
> *Je croyais savoir ce que c'était qu'aimer.*
> *Mais c'est toi qui m'as appris le sens de ce mot.*
> Elle s'est interrompue avec un sourire, et a conclu :
> *Je t'aime et je t'aimerai toujours.*

Elle a été beaucoup applaudie, tant elle était touchante avec sa

voix tremblante. Elle a passé sa main gantée sur ma joue :
— Tu pleures mon amour !
— Les mecs ça pleure pas. Une poussière dans l'œil !
— C'était si beau ce que tu m'as dit. J'aurais dû savoir que tu ferais un carton comme toujours. Tu caches ton jeu ! Mais au moment décisif tu es toujours là !

Nous avons prononcé nos vœux, nous avons dit :
— Je le veux.

Je l'ai embrassée comme jamais, j'étais ému. Nous étions mariés solennellement.

17

Il a fallu subir la réception, les photos, le banquet… Je n'en voyais pas la fin. Nous avons ouvert le bal. Je n'ai pas trop marché sur les pieds de Nathalie et je n'ai pas pu m'empêcher de faire un *moonwalk*. Il faut toujours que j'en fasse trop, que je me fasse remarquer. Mais j'avais le droit, c'était mon mariage quand même !

En fin de journée, mes enfants m'ont manqué et je suis allé les retrouver à l'écart. Jacky ou Océane s'en chargeaient. Julie boudait. Elle n'avait rien mangé de l'après-midi, ni voulu dîner. Je l'ai prise dans mes bras :

— Tu es la plus belle fille de la soirée ma puce.

Elle s'est illuminée. Un grand sourire s'est dessiné sur ses lèvres. Elle avait une jolie robe de princesse. Je suis allé danser avec ma fille dans les bras au milieu des couples. Elle était si fière. Nous avons été applaudis. Puis, je suis allé chercher du gâteau au chocolat et la prenant sur mes genoux je lui ai donné la becquée. Elle mourait de faim, il fallait la ralentir. Des amies d'Océane, ravissantes, se trouvaient là et s'amusaient de me voir avec Julie. Les femmes sont toujours attendries par un homme avec un petit enfant, c'est instinctif et c'est une technique de drague efficace.

— Vous voulez que je vous fasse manger aussi ? Dis-je charmeur.

Océane s'est interposée :

— Tu dragues mes copines à ton mariage ! Je rêve !

— Tu as laissé la petite sans manger ! Elle meurt de faim !

— Elle n'a rien voulu manger de tout ce qu'on lui a proposé maman et moi. Mais c'est sûr que toi, tu fais faire ce que tu veux aux filles, hein ?

— Je ne sais pas de quoi tu parles. Qu'est-ce que tu fais là ? Va danser, sois gentille avec un garçon, fais-toi embrasser !
— Je ne trouve pas un garçon qui m'embrasse comme un fou dans une voiture. Je n'ai pas cette chance.
— Océane, tu es trop intelligente. Mets ton cerveau sur pause. Fais l'idiote comme les autres filles. Sois indulgente. Il y aura un garçon qui va te mettre la main aux fesses. Il y a un mec là-bas qui te mate mais qui n'ose pas. File le voir !

Elle m'a lancé un regard intense, ou j'ai retrouvé l'acuité de celui de sa sœur. Il y avait dans ses yeux de la colère, de l'agacement et aussi de la bienveillance, et une espèce de remerciement. Elle s'est levée, son amour-propre blessé :
— Tu vas voir ! Je te déteste !

C'était le même « je te déteste » que celui que me lançait Nathalie quand je l'agaçais. Jacky s'est approchée, un sourire en coin :
— Ça fait cinq minutes que je vous observe avec Océane. Tu veux la pervertir aussi ? Nathalie ne t'a pas suffi ?
— Il faut l'aider, la pauvre.
— Tu as su trouver les mots. C'est parce que tu es un s… séducteur. Elle s'est reprise pour ne pas dire un « gros » mot devant Julie qui s'impatiente quand je tarde à lui donner une bouchée.
— Donne-moi la petite et va t'amuser à ton mariage.

Nathalie est arrivée, essoufflée, un peu rouge d'avoir dansé. Aussitôt elle s'interposa :
— Tout va bien mon amour ?
— Mais oui.
— Qu'est-ce qu'il t'a dit tout à l'heure qui t'a fait rire ?
— Que tu avais des orgasmes avec lui.

Nathalie a rougi et s'exclama, impertinente :
— Oui depuis ma première fois !
— Tu as bien de la chance ma fille, c'est si rare pour tant de femmes…
— Maman…

— Allez, vous amuser, c'est votre mariage.

Elle a voulu prendre Julie dans ses bras. La petite s'est blottie contre moi et a protesté :
— Je suis sa petite femme !

Je l'ai calmée :
— Elle est fatiguée. Elle va s'endormir. On ira danser après, dis-je.

Nathalie a souri et s'adressant à sa fille :
— Et moi ?
— Toi, tu es une princesse ! dit Julie.
— Va t'amuser ma puce, c'est ton mariage. Je m'occupe de la petite, dis-je.
— Je ne m'amuse pas sans toi. Je suis très bien ici, avec mes amours.

Elle s'est collée contre moi. Nous étions bien. J'étais apaisé.
Mais, c'est vrai que cela ne m'aurait pas déplu de draguer les copines d'Océane. L'instinct du chasseur. Comme le chat qui tue une souris mais ne la dévore pas.

18

Nous sommes rentrés. Je me suis jeté sur le lit et j'ai fermé les yeux. Je suis en proie à mes remords. Je n'aime pas ce que je suis, mes pulsions. Nathalie est irréprochable, elle mérite mieux que cela. Elle mérite que je l'aime. C'est ma *nouvelle* nouvelle résolution. Il faut que je m'y tienne. Promesse d'ivrogne ?

Nathalie s'est assise à côté de moi et elle m'a caressé doucement le visage.

— Déshabille-toi, c'est la nuit de noce mon cœur.

Tristement, je me pressais les yeux avec les doigts :

— J'ai encore voulu partir tout à l'heure Nathalie.

— Tu ne l'as pas fait. Qu'est-ce qui t'en a empêché ? Les enfants ?

— La compassion, Nathalie, la compassion.

— La compassion ? Mais…

— Ne pas te faire souffrir.

— C'est que tu m'aimes voilà tout ! Arrête de te torturer.

— J'aurais tant voulu que ce soit seulement l'amour… Je te jure. Je ne vais pas pouvoir te faire l'amour…

— Mais, qu'est-ce que tu vas faire…

— Je vais t'aimer Nathalie. Je ne sais pas le faire. C'est la première fois pour moi. Il faudra que tu sois très douce. Il paraît que ça fait mal la première fois.

Nathalie s'est penchée vers moi, ses cheveux tombaient en cascade autour de moi. Elle m'a embrassé longtemps, puis s'est glissée à mon oreille. Elle m'a mordillé le lobe, puis a murmuré :

— *Laisse venir* mon ange, *laisse venir* mon ange…

Elle a répété ces mots longtemps, comme une litanie, une prière, une comptine pour enfants. Et, tout à coup, de manière inattendue, sans que je ne comprenne comment ni pourquoi, j'ai laissé venir et j'ai aimé Nathalie. J'ai eu un peu mal. Si peu. Et cela n'a pas duré longtemps.

Nathalie a été très douce.

19

J e suis en train de faire ma valise. Nathalie vient voir :
— Attends, tu es en train de froisser ton linge. Laisse-moi faire.

Elle range les affaires avec méthode. Elle est très ordonnée. Elle fait tout avec application Nathalie.
— Ça ne te dérange *vraiment* pas que je parte ? dis-je.
— Non, ça te fera du bien. Ne t'inquiète pas.
— Nous aurions pu rester ensemble ces trois jours. En plus tu seras seule, les enfants sont chez ta mère.
— Je dois préparer ma présentation pour la Société de Cardiologie de Langue Française.
— Je t'aurais aidé.
— Tu m'as déjà bien aidée. Tu as besoin de décompresser de nous. C'est mieux. Sinon après, tu as envie de t'enfuir ! Tu vas golfer avec tes amis. Vous serez entre hommes. Vous allez raconter des histoires salaces. Ne drague pas trop.
— Je te sens triste.
— Je n'aime pas être séparée de toi, tu le sais. Ce n'est rien, juste trois jours !

Des amis m'ont proposé une escapade de trois jours à Marrakech pour golfer, entre hommes dans un palace. J'aime le golf. Mais entre hommes ! J'ai refusé poliment. Et un des gars a glissé : on peut faire monter des filles le soir. Des canons. Le pied. Et là, j'ai eu un déclic. J'ai dit :
— OK, les gars je viens.

J'ai chargé mes affaires dans la voiture. J'ai pris Nathalie dans mes bras. Elle a caché sa tristesse. Mais elle n'a pu retenir un baiser passionné.

J'ai commencé à rouler. Je n'étais pas bien. J'avais la nausée. Une virée, du golf, des filles, du fun : c'est quoi mon problème ? C'est la vie que j'ai toujours voulue. Plus j'approchais de l'aéroport, plus j'étais mal. J'ai stoppé la voiture. J'ai appelé pour dire que je n'irais pas et je suis rentré à la maison.

J'ai eu une angoisse, sur le retour. Je me suis dit que peut-être, Nathalie avait fait venir un amant et que je la trouverais au lit en train de gémir dans ses bras. Elle est si jolie. Je ne sais pas comment ni pourquoi, mais cette pensée s'est imposée. En arrivant à la maison, j'étais sûr de trouver une voiture inconnue garée. Pourtant, rien d'anormal.

Je suis entré sans sonner, avec ma clé. La maison était silencieuse. Pas un bruit, c'était inhabituel, triste. J'ai été au bureau. Nathalie était assise à la table de travail, son ordinateur allumé, la tête dans les mains. Elle ne travaillait pas. Elle était simplement malheureuse. Elle a sursauté en m'entendant et levant les yeux vers moi, les sourcils froncés :

— Qu'est-ce qui se passe ? Tu as oublié quelque chose ? Tu vas rater ton avion.

— Oui, j'ai oublié quelque chose : *toi*. Je ne pars pas. Je reste avec toi.

Son visage s'est détendu, éclairé, ses yeux ont pétillés. Elle s'est levée :

— Pourquoi ?

— Devine… tu vas rire, mais j'étais convaincu que j'allais te trouver au lit avec un autre homme, à gémir dans ses bras. C'est bête hein ?

Nathalie s'est transformée sous mes yeux. Elle s'est faite sexy, aguicheuse. Elle a pris une voix suave :

— Mon idiot de mari est parti trois jours pour se taper des filles dans un palace à Marrakech. On a la maison pour nous. Il n'imagine même pas ce qu'une femme comme moi peut faire à un homme.

Elle a passé ses bras autour de mon cou et m'a regardé provocante en diable.

J'ai eu honte. Tromper une femme intelligente, c'est la tromper **deux** fois.

— Tu savais… tu n'as rien dit…

Nathalie a mis son doigt sur ma bouche pour me faire taire :

— Chut, ne dit rien, joue avec moi. Je t'aime.

— J'imagine, ma puce, j'ai une imagination débordante. Il y a encore deux-trois trucs que je ne t'ai pas appris.

Nathalie, m'a tiré par la main vers la chambre en riant. Je l'ai arrêtée :

— Mince, je n'ai pas de préservatifs !

— T'inquiète, j'ai confiance, tu es clean ? Je suis une femme mariée, je prends la pilule.

Nous avons fait des choses… pendant trois jours, mais pas que. Elle n'a pas travaillé une minute à sa présentation. Elle avait soif de moi. Elle voulait parler, danser, écouter de la musique, lire avec moi.

Et puis le dimanche, en fin d'après-midi, nous devions aller chez mes beaux-parents chercher les enfants ; c'était la fin de ce long week-end de trois jours. Nathalie finissait de se préparer devant son miroir, heureuse à l'idée de retrouver ses enfants, de les serrer dans ses bras, de jouer avec eux, et j'ai été saisi de mon **weltschmerz** : *sorte de sensation ou émotion dont un individu fait l'expérience lorsqu'il comprend que la réalité physique ne peut satisfaire les demandes de l'esprit.* Nathalie a surpris le voile de tristesse dans mon regard.

Nathalie, me regardant dans sa glace :

— Quoi ?

J'ai lui ai alors demandé pourquoi elle était tombée amoureuse de moi. Elle a répondu :

— Tu es le premier qui m'a dit que j'étais jolie. Tu m'as embrassée… tu… Et surtout, de temps en temps, quand tu es avec moi, tu as un regard particulier, tes pupilles sont dilatées ; ce regard me brûle, me touche jusqu'à l'âme, me submerge d'émotions.

Jamais je n'aurais imaginé, une seule seconde, avoir le même regard d'amour que Nathalie. J'aimais cette femme depuis le début. Elle, elle n'avait pas eu peur de mon amour ; au contraire.
Elle ne demandait qu'à vivre avec moi. Si nous étions ensemble, pour elle, c'était bien, c'était suffisant. Elle savait voir le bonheur et s'en satisfaire. Pas comme moi…
J'avais promis de l'aimer. J'ai laissé venir mes sentiments et je les ai acceptés. Tout est excessif chez moi.
Mon amour aussi.

Laisse venir ma puce.

Fin

POSTFACE

Vous avez aimé cette histoire ? Passez le mot. Passez le texte. L'écrivain se nourrit de ses lecteurs.

Vous aimerez sûrement mes autres romans :

- **Le murmure du violon**
- **Élixir**
- **Mégane**
- **Pas moi !**
- **Thérapie de groupe**
- **Insouciance**

Vous voulez participer, échanger, suggérer, critiquer (*gentiment*), ou simplement parler :

Sur Facebook : **docno01**

Par mail : docno@gmx.com

www.ingramcontent.com/pod-product-compliance
Lightning Source LLC
LaVergne TN
LVHW041738190726
843493LV00008B/2418